保健教師安恩英
보건교사 안은영

鄭世朗（정세랑）著
劉宛昀 譯

目錄

我愛你，Jellyfish

正逢梅雨季的暑假輔導課期間，一踏進校園，就飄來濃濃的鞋櫃氣味。短暫的暑假在炎熱的天氣中結束了，輔導課一開始，大家都板著苦瓜臉，但是因為可以穿便服上課，學生索性將服裝搭配當成一種樂趣，來熬過這段時間。可是昇權連對穿搭也不怎麼感興趣，了不起就是穿著天藍色細條紋的短袖襯衫，搭配棉質的褲子。他唯一關心的對象就只有一個。

惠炫。

惠炫和他一起上了小學、國中、高中，因為她是個把所有想法全寫在臉上，心思透明的女孩，所以綽號叫水母。幸好，大家都是以發音聽起來比較可愛的「Jellyfish」稱呼她，否則喜歡上這個水母般女孩的我，該把面子往哪裡擺？昇權總是感到苦惱。因為很不巧地，這個隨和又可愛的生物，只看得見別人最好的一面，而一旦有人告白，她就答應和對方交往。昇權總是想得太多而錯過時機。已經過了兩個學年度又一個學期，他才下定決心這次不再等待了，卻突然殺出一個不知道哪來的籃球隊隊長，到處宣傳自己今天要向惠炫告白。惠炫這個人，一定又會從這傢伙身上找到最正面、最燦爛的一面。

你需要的不是這個空有高個子、滿臉青春痘的籃球隊長，而是每天早上只看妳的眼神就知道，商店賣的三十六種零食中，妳會想吃什麼的我啊！昇權必須趕在籃球隊隊長之前找到惠炫。聽說籃球隊的人已經在泥濘的操場上，用花草排出一個愛心了。下雨吧，拜託下點雨吧。

第一堂課一結束，昇權立刻走向科學教室。她一定在那。怕熱的惠炫喜歡科學教室涼快的石地板，所以習慣躺在揚灰的窗簾底下。昇權都稱那個角落為「水母的夏日棲地」。

「趙昇權，你去哪？你今天遲到了吧？」

擔任班導的漢文老師把他叫住，但昇權裝作沒聽見，加快了腳步。雖然他這樣對待一個瘸了腿的人很過意不去，可是現在無法停下來。

「成惠炫。」

他打開科學室的門，喊了惠炫的名字。我難道只能用這種冷漠的口氣，連名帶姓地叫她嗎？惠炫不在這，已經太遲了。這對一個十多歲的少年來說頗為絕望，那股絕望的苦澀在嘴裡打轉。

這時一陣刺痛，某個尖銳的東西，扎進了頸後。

保健老師拿著鑷子朝向他並將長得像刺的不明物體拔了出來。

「這是什麼？」

我現在沒這個時間啊。昇權內心很著急，因為剛才捂著脖子走到保健室的途中，他看見籃球隊一年級生拿著吉他經過。保健老師仔細確認從昇權頸後拔出的東西後，嘴巴似乎小聲地說了什麼，昇權頓時以為她是在罵髒話。大概是看錯了吧。

「傷口本身不大，但不知道有沒有毒。傷口周圍已經變色，看起來可能快發炎了，你提早下課去一趟醫院比較好。你是哪一班的？」

「二年一班。」

「我會告訴你們班導師。」

「不用了，待會我會請他同意早退。假如他不准的話，我再來拿證明。」

昇權像是顆子彈般從保健室飛奔出去。身後的保健老師嘀咕了一下，似乎還想留住他，不過既然已經有把不知道是刺還是什麼的東西拔出來就好了。而這些老師今天也特別煩人。

直到今天為止，保健老師安恩英對於只需要處理一些瑣碎小事，但沒什麼大事發生的學校生活，感到滿意。

恩英低頭觀察著從男學生頸後拔出、看起來疑似來自動物身上的物質，同時嘴裡小聲碎念。那聽起來的確很像髒話。其實恩英因為是在學校才硬把話吞了回去，不然她算是個常罵髒話的人。她不忍心嚇到學生，所以沒說出那個東西可能是某種不明生物的指甲、鱗片或骨頭，雖然看見毒素從他的後頸順著血管擴散開來，卻難以猜測纏上他的是何方凶煞。剛才是不是應該幫他消毒呢？算了，反正那是無法憑酒精就能對付得了的種類。在抓到它的本體之前，希望他沒事。恩英很掛心，認為該讓他和本體離得越遠越好才是。

不管怎麼想，都覺得這間學校一定有問題，從上班的第一天開始就感覺到了。很遺憾地，安恩英也並不是什麼平凡的保健老師，她的手提袋裡隨時都有BB槍和刀柄狀似漏斗的七彩玩具刀。一個好端端的三十多歲女性，竟然必須每天帶著這些物品出門，說實在，她也不甘願，但這都是逼不得已。其實，正因為她不是個平凡人，才需要這麼做。安恩英總被朋友開玩笑稱為「認識的哥哥」，是個性格瀟灑的私立M高中的保健老師。她就是傳說中能看見別人所看不見的東西，而且有能力對付它們的女子。

是從什麼時候擁有這能力的？應該說是原本就有吧。恩英很早就瞭解自己和其他人活在不同的世界。她開始明確地意識到這個事實，是在十歲的時候。媽媽興沖沖地打算要裝潢以遠低於市價購入的房子，當要打掉廚房隔牆時，恩英卻全力阻止她。她辯稱原來的結構已經很好，只要貼個壁紙就可以了，還威脅媽媽，如果她硬要大費周章地拆除再裝潢，她就要跟爸爸住了。牆裡有一位面容稍微憔悴但很和善的阿姨，要是讓媽媽知道這些事，絕對沒好處。十歲的恩英坐在餐桌吃麥片時，牆裡的阿姨常靜靜微笑望著她。她的眼神沒有敵意，所以倒是沒關係。像恩英這類的人，勢必要從很小的時候，就發展出能辨識敵我的直覺。

她也不是只能看見死去的人，活人會製造出更討人厭的東西，像是校園裡到處看得見、充斥在空氣中的那些裸體的幻影也能看出。啊啊啊，真討厭青春期的小孩。恩英沒看見什麼東西的時候，就會嗖嗖地揮動玩具刀，揮去孩子們的色情幻想。孩子竟然從這麼小就有奇奇怪怪的喜好。所以說，恩英看到的其實是一種靈的外在物質，那些從死去的、活著的物體所散發出，尚未經科學驗證過的微粒子凝聚體。這些類似奈米果凍的凝聚體的黏性，會隨著種類與生成的時間而異。已死亡的東西反而不太容易凝結，活生生的人才是問題所在。青春期，真是難纏又討人厭。

玩具刀槍只要經過恩英本人元氣的加持，便能用來對付那一團團的果凍。ＢＢ槍每天可射出二十二發子彈，塑膠刀則可使用大約十五分鐘左右。再加上埃及製安卡十字架、土耳其的惡魔之眼、梵蒂岡的玫瑰念珠和浮石寺念珠，以及京都神社的健康御守，總共可以發射最多二十八發子彈、使用十九分鐘之久。保健老師安恩英的人生，是如此充斥著宗教崇拜氣息。

幾年前恩英人還在教學醫院。既然不以驅魔為業，就得賺錢過活，雖是低空飛過錄取門檻，仍舊考上護理科，接著便一直待在醫院裡。醫院和學校，對她而言根本是同一個地方。當初為什麼偏偏選擇當護士？不對，不是這樣。她對於這個問題，每一年都有更深的體悟，應該不是人選擇了職業，而是職業選擇了人吧。基本上，她並不喜歡類似「使命」的字眼，因此與其說是認同與接受這份工作，不如說是早已放棄了輕鬆的人生。在醫院的時候，她做的都是些苦差事，過得比現在還不堪。幾年之後，恩英對於凌晨必須在醫院走道上進行漫長的戰鬥，已經感到很吃力，所以決定好好利用大學時就已考取的保健老師證照。如果驚悚和色情兩者中只能擇一，她當然選擇色情。

然而這學校除了色色的果凍以外，學生脖子上還會被扎進了某個邪惡的東西。難怪踏進校園的瞬間就感受到陰氣。她註定擺脫不了這乖舛的命運。

恩英將ＢＢ槍和玩具刀藏入長袍、插在腰後，然後走出保健室。

「就是一個長得瘦瘦的、戴眼鏡，好像一折就會斷的男孩子。應該要讓他早退的啊。」

二年一班的班導，擔任漢文老師的洪仁杓，一臉同情地看著這位上學期才剛進來，還不太適應校園生活的保健老師。其他樓層的老師甚至認不出這位是保健老師，如果在餐廳碰到面，對她態度也很冷淡。上一位保健老師就非常融入校園，還讓保健室成了八卦的溫床，但眼前這位年輕老師卻十分不懂得變通。高二的男生都是瘦瘦的、戴著眼鏡，她到底是想要找誰啊？

「我雖然叫住他，可是他一下就跑走了。」

啊，一折就斷的樣子……難道是昇權嗎？他平常算是很認真的孩子，今天看來卻特別心不在焉。

「他的傷勢很嚴重嗎？」

「嗯，傷口腫起來的速度讓我有點擔心，可能很快就會發燒，盡早送醫比較好。」

「是被什麼東西咬了呢？」

「不太清楚被什麼咬，可是看起來不太妙……」

雖然這裡是邊陲地帶，但畢竟還在首爾內，不太可能是有什麼危險的蟲或蛇吧。會不會因為她是新人，過於謹慎？可是看這位保健老師的樣子，完全不像做事很細心的人，還有一點不成熟、難以信賴的感覺。仁杓絕對不是看對方是年輕女老師就輕視她，只不過他們這些當老師的，如果看到學生臉上露出說謊的表情，通常都能敏銳地察覺出來。仁杓對她感到不太放心，答道：

「瞭解了，我會找到他然後送醫。」

在他轉身後，保健老師又在背後叫住他。

「老師，你的腿受傷了嗎？需要我幫忙看一下嗎？」

「啊……不用了，這是很久以前受的傷。」

原來她是真的完全不知情，仁杓其實是被集八卦於一身的八卦製造機，不僅出身財團世家，還是下一代的掌權者，加上未婚這一點，就更不用說了。看來保健室完全隔絕於這八卦暴風圈之外。他是在小時候經歷了摩托車意外導致腿受傷，可是卻有數十種版本的謠言流傳在外，她竟然連任何一個版本都沒聽說過。

那是個可怕的交通意外，但現在回想起來其實非常幸運。仁杓的爺爺，不僅是擁有私立學校財團，也是投資了好幾間企業的大戶，而仁杓則是他最鍾愛的孫子。正因如此，他得以偷偷攢下足夠買一台摩托車的零用錢。結果，意外發生了。仁杓騎著摩托車被捲進公車底下，被撞得歪七扭八，不幸中的大幸是，公車當時並非全速行駛，他全身的骨頭可說是完全被打散又重組，四肢裝上鋼釘後又取出。雖然前後經歷了多達二位數字的手術，其中一邊的腿仍在事故後就停止生長，因此成了現在的模樣。說起來這場意外的結果只是瘸了一條腿，他不知道有多幸運，身體和臉上當然也留下了疤痕，但幸虧手術很成功，大家都以為那是酒窩。

「您長得很像加斯帕德．尤利爾（Gaspard Ulliel）呢！」

之前有位個性過於活潑的相親對象，甚至還拿某個法國演員來和他比較。搜尋了一下，發現是長得非常好看的演員，所以很開心，不過除了臉上的疤以外，找不到什麼相似之處。其實，疤痕不過是疤痕罷了，不過每次一下雨，全身上下都在疼痛時，再看到那些傷痕就更心煩。於是仁杓下定決心，要是哪天有了孩子的話，為了不讓他們存錢偷買摩托車，他真的只會給一點點零用錢。

通常大家都會對富家子弟反感、看不順眼，但或許因為他負責的不是主要學科，加上又跛了一隻腳，反而刺激了老一輩教師的父母愛，所以學校老師的社交圈也很友善地接納了他。

但是有件事令他不解，就是學校的建築本身。閒暇的時候，仁杓常攤開陳舊的建築平面圖仔細端詳，他總認為這棟老建物的空間不足。學校之前從來不曾擴建，一直以來都維持原貌，為什麼空間的使用如此沒效率，又長得很奇怪？既然是在光復後才建造，為何需要蓋到地下三層？更何況實際使用中的僅地下一樓而已，其中只有一小部分作為倉庫使用。學生會不斷央求將地下樓層開放為社團活動空間，但仁杓覺得很為難。雖然是合理的要求，不過從爺爺的時代起，地下樓層入口就被鐵鍊捆住，想要解開它並不容易，那鐵鍊和仁杓手臂一般粗。

爺爺過世前，將其餘財產都委託律師處理，唯獨向家人囑咐關於學校的事。

「學校要繼續經營，不可以在那塊地蓋學校以外的建物，也不要再蓋新的建築。讓仁杓當老師，他一定要當老師。」

雖然仁杓遵照他的遺願選擇了教職，但不確定自己是否做得好。爺爺投注許多心血興建的學校，在去年和前年，都有學生像冰雹般隕落，儘管這國家的十多歲青少年自殺率原本就很高，但這數據仍舊是令人難以理解。各種意外與脫序行為發生的頻率也相當高，無論如何都找不出改善的辦法。

想到這裡，他又更擔心了。無論昇權這孩子出了什麼事，一定要把他找回來。仁杓奮力拖著不便的腿行動。他可能不知道，其他人看到他走路的姿態，甚至會誤以為那是愉快的步伐，彷彿他並不是因為有一邊的腿較短，而是另一邊的腿更長，所以走路才帶有節奏感。

惠炫正在頂樓偷閒。已經晾了幾天的衣服還是有股梅雨的味道，所以到今天才難得穿著制服出來，卻因為材質是不透氣的合成纖維，又更不舒服了，幸好現在有風。基於安全考量，頂樓全面以鐵絲網圍起，所以風景有些醜陋，而風還是透過鐵絲網的孔洞吹了進來。先前完全封鎖頂樓的時候，孩子們一次又一次地破壞鎖頭，老師們最後只能放棄，將頂樓開放。原本休憩空間已經嫌少了，總不能讓屋頂也被學校搶走吧，雖然惠炫並沒有破壞門鎖，但她還是隱約露出了勝利的微笑。

「惠炫姐，剛剛昇權哥在找妳耶？」

正要下樓的社團學妹對她說道。

「為什麼？」

「我也不太清楚。」

難不成我又不知不覺地拿了昇權的東西了？是iPhone，還是漫畫？惠炫回想自己做錯了什麼。

「知道了，謝謝。」

學妹下樓後又過了好一陣子，惠炫仍然不想離開頂樓。室內充滿濕氣，像是沒打掃過的漁港一樣，到了令人呼吸困難的程度，根本需要魚鰓才能活吧。籃球隊隊長從一樓向她揮了揮手。惠炫沒多想，也向他揮手。

安恩英正在讚嘆著剛才保護著漢文老師的那股巨大能量屏障，因為她平常只待在保健室的關係，現在才第一次近距離見到。這一定是某個非常喜愛那位老師的人，即使過世後，仍在他身邊留下了強烈的意志。既然受到強大的保護，腿為何還會受傷？這是很罕見的事。雖然他看起來不太容易親近，不過萬一事態變得更嚴重，或許可以請求他的幫助。他簡直就是行走的幸運符啊！真羨慕。難道是處女鬼[1]嗎？扎進男孩脖子的東西搞不好是指甲。因為這個世界上實在是有太多料想不到的東西蹦出來，所以她也無法肯定。但無論那是什麼，應是來自埋在地底下的物質機率最高。恩英確認一下插在腰後的塑膠刀槍，往中央的階梯走去。地下室門口以鐵鍊捆綁，這大概是為了阻擋學生闖入的措施。恩英往警衛室的小窗口探了頭。

「那個……我可以借一下地下室的鑰匙嗎？」

警衛伯伯將手擱在腰帶上掛著的一大串鑰匙，問道：

「為什麼要去地下室呢？」

「嗯……有些學生皮膚常常突然長東西，覺得很癢，就來保健室擦藥，看起來像是黴菌引起的皮膚病，所以我想確認一下是不是有什麼危險的東西。除了鑰匙以外，希望也可以順便借我手電筒。」

「地下室只有一年一次消毒的時候才能打開，而且那時候也只有外包的消毒業者進去，連我也不能進去。從很久以前上面就說過禁止開放了。」

「就是這樣所以才會發霉啊。如果我向上級報告的話，結果還是要開門，只會弄得更複雜而已，我保證進去一下就出來了。我還能在裡面幹嘛呢？不過就是進去看一下。」

恩英一面以堅定的語氣說明，一面擠出不太自然的笑眼。警衛伯伯雖然仍不太放心，但似乎被恩英說動了，他鬆開生鏽的鐵鍊，長期封閉在裡面的空氣，一下子全湧了出來。早知道就帶口罩來了，恩英開始擔心最後會不會連自己都生病。她越往下走，光線越昏暗。

從門口開始就不簡單。以它們的歷史看來，應該是一些畢業生留下的邪念。一團團的暴力、競爭意識，與陳年的仇視、恥辱和羞恥的殘餘物質，都堆在這黑暗的地方。恩英先喘了一口氣，接著手腕一甩，亮出長長的玩具刀，開始砍殺這一團團的髒東西。

昇權開始感到暈眩。看來保健老師說可能會發炎，並不是嚇唬人的。視線總是模糊不清，一定是發燒了。已經反覆地把眼鏡摘掉又戴上，還是很難聚焦，身子也越來越重，但越是如此就更生氣。今天不告白不行啊，我這個做什麼都不成功的人，這次又要失敗了嗎？雖說原本就不喜歡肉麻的告白，但依照現在的狀況，說不定還要去頭去尾，直接說出「我喜歡妳」了。要是說完後馬上昏倒，那句話不就成了唯一的亮點。他總感覺後腳好像抬不起來，地板上不知道是積了什麼體液，黏呼呼的很噁心。他的整個腳底板就像個水泡似的。昇權平時健康狀況維持得還不錯，除了小時候以外，這是第一次感到如此不舒服。只要沒有嘔吐或昏厥就好了。不對，只要沒有嘔吐就好了。來向昇權打招呼的那些朋友，看到他的臉都嚇了一跳，問他身體還好嗎？但是昇權甚至無法好好回答他們。

聽說惠炫人在頂樓。他腳下一階階的樓梯，感覺起來彷彿比平時高了三倍。

仁杓為了找昇權，朝著體育館走去。昇權雖然不是會一直待在體育館的那群人，但仁杓知道他想醒醒腦的時候，偶爾會到那運動。我對學生其實還挺瞭解的嘛。他在心中自我陶醉了一番。

經過中央的樓梯時，仁杓看見地下室的門開著，帶有節奏感的步伐因此停下。會是誰呢？現在不應該開著啊。光是關於地下室的注意事項，爺爺就寫了大概十頁，還讓他反覆讀了好幾次。簡而言之，就是叮嚀別打開那扇門，也不要更換消毒公司。但是原本的消毒業者已歇業，於是兩、三年前開始委由其他公司處理，沒想到費用竟然還不到先前的五分之一。爺爺為何如此執著於那間昂貴的消毒業者？每逢消毒時，仁杓就很好奇原因。從現在到明年之前，沒有既定的消毒日程，但下面卻隱約透著燈光。他本來想在樓梯口喊一下，後來直接走了下去。

他看見白色衣角飄動時有點嚇到，接著卻發現提著手電筒、跳著舞的人原來是保健老師。她一手拿著手電筒，一手握著不知道哪來的彩色漏斗，對著空氣胡亂揮舞。啊啊啊，她果然是個奇怪的女人。仁杓去相親時經常會啟動的「怪女人警報器」，在心中警鈴大作。

「安老師，妳在做什麼呢？」

嚇了一大跳的恩英回頭看他。也對，她會嚇到才是正常。

「呃……我在運動？」

她顯然對自己的回答也感到懷疑。

「是什麼運動需要到地下室呢？」

恩英彷彿能聽見正在冒汗的額頭內，那顆沒什麼皺摺的腦袋在運轉的聲音。

「……你剛剛也看到了，我在做新式有氧運動，因為怕被學生看見會很丟臉。」

「那麼應該要在家裡做啊。」

仁杓的語氣雖然堅決，恩英卻也沒打算立刻離開地下室的樣子。仁杓發現她的表情越來越認真且堅定。或許是處在黑暗中的緣故，她冷靜地站在那的模樣，看起來不像是精神不正常的人。

「妳是在地下室找什麼東西嗎？」

提出疑問的仁杓，其實也不太清楚自己期待什麼樣的答案。

「我很難說明，總之是在找東西。」

恩英不帶一絲笑意地回答。在私立學校求職不是容易的事，儘管如此，她也不害怕因此被炒魷魚，因為她相信一定可以在其他地方找到工作。恩英擁有的雖然不多，但是工作運向來很好，肯定到死之前都會繼續工作。

「那我們就一起找吧。」

仁杓是基於無法說明的理由，而必須跟著她這麼做。他對這所學校並非無所不知。他完全無法理解為何爺爺要對這個既不是私立名校，也沒什麼不動產價值的土地如此依依不捨。說不定，在那個一次都沒進去過的地底下，有什麼特別之處。仁杓小時候拜訪爺爺家，常會玩尋寶遊戲，爺爺不知道為何總能準確猜中他想擁有的玩具，事先把它藏起來。

要是什麼都沒找到的話，我就要開除這個怪裡怪氣的保健老師。

惠炫纖細的手指微微勾著鐵網，指尖的透明指甲油閃爍著光芒，指甲底下透出健康、柔和的粉色。她的傘襬裙隨著暖風飄逸，雖然惠炫本人不太喜歡穿校服，不過在昇權眼裡，沒有哪個女孩比她更適合穿夏季制服的傘襬裙了。

看著心儀女孩的背影，頭更暈了。

昇權這時更加確信，沒有人知道這個生物的內心，其實並不如外表那樣快樂，她默默吞忍了很多事。現在不說出口不行，因為下次再也不會有這種機會了。

「水母！」

惠炫轉過身看他。昇權馬上後悔不已，不應該叫她水母的啊……惠炫回過頭那瞬間露出的笑容，比過去任何時候都還要爽朗。她剛才望著遠方時，臉上沒有任何表情，不過一看見昇權，馬上展露豐富的表情。每次昇權只要看她的眼神，就知道她有多高興能夠看到他。

「我又忘了什麼嗎？」

「沒有，不是那樣。」

「那為什麼到處找我？」

「我有話要跟妳說。」

「你的臉色怎麼這樣？看起來很差耶。不舒服嗎？」

昇權感受了一下自己冰冷的手，並暫時捂住難看的臉。臉正在發熱，但手為何這麼冰冷？他實在無法正眼對她說話，要是目睹她眼裡的喜悅轉變成其他的感情……

「惠炫姐，隊長請妳下去操場一下。」

頂樓的門突然砰地打開，籃球校隊的一年級生高喊著。惠炫往下瞄了一眼，看見滿是泥濘的操場上有一圈以草排成的心形，她「啊」地輕嘆了一聲，聽起來不帶任何好或壞的情緒，便越過昇權，朝著樓梯走去。

「不要去。」

昇權說道。

「沒關係，你先在這，我馬上回來。」

惠炫不以為意地向他揮揮手，走下樓去。

什麼沒關係，到底在沒關係什麼啦。昇權氣得緊抓欄杆的鐵絲網，就在這時，頸後傳來一陣劇痛。

走過堆著閒置貨品的地下一樓後進入地下二樓，地面到處散落著草繩。

「這是運動會上用的繩子嗎？好像有點太細了。」

恩英聽見仁杓的喃喃自語後不禁失笑。一看就知道是禁繩[2]啊，這個人對那方面還真是一點都不敏感。她稍微用室內鞋將斷裂的禁繩清到一邊去。之前留守和管理此地的人一定是在幾年前離開了，顯然是遭到擱置的狀態。

打開地下三樓大門的瞬間，一股極大的力量撲向恩英，讓她不自覺地躲到仁杓身後。正確地說，她是躲在包圍住仁杓的那層保護罩後面，而仁杓似乎以為她在假裝害怕，因此噗哧地笑出來，然後繼續大步往下走。原來遲鈍的人也是有優點的。

最裡面雖然是以水泥建造，但中央竟還留著一塊裸露的地面，空氣中飄來陳年泥土的味道。這股塵封在黑暗處的泥土味，令兩人感到一陣噁心。而裸露地面的中間，擺設了一塊扁平的石頭。仁杓搶走恩英手上的手電筒照向石塊。

「上面用楷書刻著『壓池石』。」

「嗯？不是『地』而是『池』[3]耶。這裡以前有水池嗎？」

仁杓努力回想了一下，但是什麼都想不起來。聽到他這麼說，恩英嚇到了，將手中的刀槍握得更牢。無論是水井或水池，裡頭從來不會跑出什麼好東西。仁杓慢條斯理地撥了電話給爸爸。

「爸，是我。對，我吃過飯了。就是學校的地基啊，以前曾經有水池嗎？喔，大伯才知道嗎？爸不清楚嗎？只是我也很久沒打電話問候大伯了，突然打給他有點尷尬……好，知道了。」

仁杓抱怨通話品質很差，接著又打給了大伯。他先是尷尬地問候了一下，然後進入正題。

「聽說以前這裡有水池對吧？因為地下室裡有個像石碑的東西。喔，您有相關的資料嗎？以前的地方誌？那很好，我把傳真號碼給您。好，好，身體健康，中秋的時候見。」

恩英突然倒吸了一口氣。一團非常混濁、有幾百年歷史的物質不斷靠近他們倆。不管這底下埋了什麼，單憑恩英的能力可能無法輕易解決。

「我們還是先上去好了。」

「那走吧。」

恩英先走上樓，仁杓原本跟在後面，卻突然又回過頭。

「等一下，那種石塊背面一定還有什麼。」

恩英完全來不及阻止他。仁杓一下子就輕易將壓池石翻了過來，接著兩人下一秒就像是遭一輛看不見的車衝撞而向後跌倒。手電筒掉在地上，電池也蹦出來。地下樓層發出了巨響。

一陣短暫的地鳴發生的同時，走道上的孩子們暈厥了。他們的皮膚扎進了某種東西。並不是所有的孩子都受到攻擊，其中雖然有很多人昏倒了，卻不是全體。昏倒了一陣後又起身的孩子，開始一起朝著頂樓走去，對他們說話也完全聽不見。而未受到攻擊的孩子看到這超乎尋常的景象相當驚愕，只能一邊阻攔正盲目踏上階梯的朋友，一邊跟著他們走上頂樓。

人已經在頂樓的昇權開始攀爬鐵絲網了。在操場上目擊這一幕的孩子們驚聲尖叫，而惠炫甚至連叫都叫不出聲音。

在這一片混亂中，完全沒人注意到保健老師已將厚底室內鞋脫下扔掉，只穿著絲襪在走廊奔跑。

仁杓追不上一個箭步飛奔出去的恩英，只好先往辦公室去。學校已經面臨即將徹底失控的最糟境界。在孩子們高八度的尖聲慘叫中，他試圖找到一些能派上用場的資訊，卻徒勞無功。即使老師全都衝到走廊上，仍舊難以控制現場狀況。我在地下室一定是做錯了什麼。難道剛才不應該翻開那塊石頭嗎？要是那個來歷不明的保健老師先警告我就好了。總之，無論如何必須收拾這場面。雖然時候未到，但這學校遲早會屬於仁杓，因此他也早已承擔許多責任。他走近傳真機，讓自己先靜下心來。儘管還沒有任何靈感，但在東方的經典文學裡，傳統男性在遇到離奇現象的時候，總能採取比預期還要更從容的姿態來應對。他才正在煩惱要不要再打一通電話去催促，不過個性直爽的大伯已經傳真過來了。面對龜速的傳真機，他都要氣炸了，解決這次的事情之後，首先就要換掉這台傳真機。

根據大伯親筆寫下的簡略說明，這是十八世紀當時的地方誌。針對學校所在地，僅有短短幾行敘述，而且由於古文書原本就沒有任何句讀，經過傳真又變得更模糊，因此他也不太有把握自己是否能看得懂。

從前有許多失去情人的年輕人在這投水自盡
（自古是池　夫失情人少者　以所投身）
近來人數正快速增長
（而近者其數逐日增加）
將屍體偽裝成自殺的他殺案等弊端叢生
（見打尸以自決偽飾　委棄於此　其弊已甚）
而且淡水魚、蟾蜍、蜥蜴等正以屍體為食，不斷增長肆虐
（又鮀魚蟾蜥　嘬其死體　肉附漸滋　其勢劇矣）
所以官府下令以土石填滿池子
（故　官府下命　使土沙填其淵）

哇，幸好我是漢文老師。假如是同輩的其他科老師，可能連一個字都看不懂。以歷史老師的程度讀得懂嗎？仁杓現在才對他選擇的主修感到得意，稍微陶醉了片刻後，又回過神來尋找保健老師。那個在外頭跑來跑去的女人，似乎正試著以他無法理解的方式阻擋這事態，不知道這個資訊能否幫上忙。

「昇權，不要這樣！昇權，昇權！」

惠炫開始喊他的名字，但昇權彷彿完全聽不見。雖然看不清楚昇權的臉，但他似乎根本沒往惠炫的方向瞧。

「我會過去，你別動，拜託在我到之前不要動！」

然而昇權已經越過下面的鐵絲網，爬到有刺的部分了。如果在清醒狀態下，應該沒辦法徒手攀爬，這果然非常不對勁。惠炫正在猶豫著該繼續和他搭話或是跑上頂樓。

這時，發生了第二次的地鳴。操場上圍成心形的草全都倒下了。而操場內最靠近學校建築物的地面，也整個塌陷下去。其他孩子為了找到穩固的地方而向四方奔逃，惠炫則抬頭看著昇權。他緊抓著鐵絲網上的刺，撐起了上半身。惠炫心想一切都太遲了，正要閉上眼睛。

突然間，不知道哪來的棍子打中了昇權的後腦杓，於是他往後掉了下去。出現在頂樓邊的人，是不久前新來的保健老師。老師也開始以棍子一個個抽打其他正要翻越鐵絲網的孩子。雖然說這比墜樓好一點，但她不確定將他們打昏是否就能安心。

惠炫正快速跑向頂樓。

恩英以絕望的心情俯視著操場。

有一顆頭扒開泥地，鑽了上來。

其實很難判斷到底哪裡才是牠的頭，那是顆長得既像魚，又像青蛙，也像蛇的頭。扎進男學生頸後的，應該是它的鱗片。這好比是把非常醜陋的生物煮過後，再做成更醜陋的東西一樣，尤其是它的眼睛，很像是烤熟後變色的狀態。什麼啊，根本不是人的鬼魂嘛。而是更嚴重、更巨大的東西……

算了一下刀子還能維持多久，現在剩下七分鐘不到，而槍也僅剩最後十發了，不可能一一將學生身上頑固的鱗片拔出來。必須攻擊本體才行。

「抓好他們！抓緊那些往上爬的人！」

恩英囑咐那些追著失魂的同學跑上頂樓的學生。他們雖然嚇壞了，仍立刻拚命將同學拖回來。

恩英透過鐵絲網的洞，舉槍瞄準目標。她因為這項從來不曾期望擁有，卻格外擅長的天賦，一路走來活得相當疲累，但這樣的人生說不定也要走到盡頭了。她以前從未對抗過如此巨大、如此古老的東西。

那顆巨大的頭張開了嘴巴，彷彿要吞下那些從頂樓墜落的孩子。

恩英開了第一槍。即便只是很輕的BB槍，肩膀還是感受到一股後座力。她瞄準了左眼卻打偏了，巨大的頭只有鰓的部位稍微受了傷。

仁杓抓住了往頂樓跑的惠炫。

「妳要去哪？發生了什麼事？」

「去頂樓，學生正要集體往下跳。」

「妳看到保健老師了嗎？」

「她在頂樓，保健老師阻止了那些學生。」

仁杓儘管步伐蹣跚，仍跟著惠炫跑上樓。脊椎已經很久沒受到刺激了，最後一次奔跑是多久以前呢？他有個奇怪的預感，這種像大爺般從容漫步的日子，似乎快要結束了。

屋頂比起學校其他樓層更像地獄。學生正一個個昏倒，而從昏迷中清醒的人，又繼續朝著鐵絲網走去，其他孩子只好將他們壓倒在地，使每個學生周邊都有三、四個人緊貼著。

倚著鐵絲網的保健老師，則是拿著玩具槍對某個東西拚命射擊。仁杓迅速往下瞥了一眼，卻什麼也沒看見，倒是聽見不像是ＢＢ槍會發出的激烈槍響。

「那個，不知道這有沒有幫助，聽說曾經有很多人跳進以前在這裡的水池。」

「我大概猜到了。」

恩英若無其事地回應，讓仁杓有些難堪。

「妳是對著鬼開槍嗎？」

「不是，是一個不明生物的頭……你可以先抓住我的手嗎？」

「啊？」

「已經沒子彈了。」

恩英的嘴唇幾乎變得鐵青，她似乎連站立都很辛苦。仁杓儘管無法理解眼前的狀況，仍將其中一隻手疊在恩英握槍的手上。

「兩手都要。」

他二話不說加上了另一隻手。恩英感覺到一股非常強大的氣傳了過來。果然，如她所料。有了這股力量就能再射五十發了。

五十發，或者是強力的一擊。

是不是應該要買玩具大砲啊？可是我不喜歡放不進手提包的東西。算了，不管是槍還是大砲，原理都一樣。

「你這個醜八怪去死吧——啊啊啊啊啊！」

意識清醒的、意識不清的孩子，全都下意識地捂住耳朵。某個肉眼看不見的物體引發了爆炸，潮濕的泥土、操場，整個往學校外頭炸飛。

新聞報導M高中操場下埋設的瓦斯管線爆裂，所幸無人傷亡。那顆頭死掉時，瓦斯管線也確實爆炸了，所以不算是謊話。

那天來學校上暑輔課的學生，尤其是到過頂樓的孩子，儘管知道曾經發生某件難忘的事，卻誰也沒有說出口。仁杓覺得這樣行不通，要是家長來抗議，他打算辯稱可能是工廠排出會誘發幻覺的物質，隨風越過河水、飄進學校。幸好，學生都相信了。即便高中生都已經長大了，但偶爾在某些不合理的狀況下，他們仍會相信大人所說的話。幸好，他們對不該信任的大人說的話也深信不疑。孩子們臉上最後僅存的純真與充滿好奇的雙眼，是讓老師能繼續堅持下去的動力。

結束了混亂的局面後，恩英和仁杓暗地調查為何只有一部分的孩子出現症狀。他們研判那些受到攻擊的學生，近期都曾在私底下，或是公開地經歷過失戀。

暑假結束時，昇權成了惠炫的男朋友。他最終還是沒有正式告白，可是在輔導課最後一天，他們搭公車回家途中，惠炫默默將頭靠了過來。說不定她只是睏了，不過昇權那雙因為緊抓著鐵絲網而傷痕累累的手，已不再疼痛。

與保健老師有關的奇聞後來多到數不清，曾到過頂樓的那些學生畢業後，卻有負面謠言流傳起來。關於恩英的部分有點走調了，在傳言中她被說成是下任掌權者——漢文老師的女人，所以才備受禮遇。雖然這都是惡意中傷，但畢竟其他人看不見恩英在對抗、追捕的一團團惡靈，這也是無可奈何的事。其實，連她自己也開始疑惑這謠言究竟是真是假了。因為要對抗龐然大物時，她都必須借用漢文老師的手——真的只是那雙手本身。而且每當恩英快忘記時，兩人又成了需要暫時牽手的關係，也難怪她會困惑了。

說起來，仁杓比恩英更加惡名昭彰，因為他完全回填了地下樓層。表面上的理由是建築因為老化的緣故，必須進行基礎補強，然而學生會方面，卻解讀成學校因為嫌管理學生自治空間麻煩，才採取如此極端的措施。怪不得有人謠傳他是「新獨裁者」。仁杓隱約能理解爺爺把學校託付給他的原因，但很多時候他依然想不透，會是某個爺爺認識的人曾經投水自盡嗎？他四處打聽了一下，卻仍一無所獲。無論原因為何，仁杓可以肯定的是，爺爺是優秀的守護者，而自己仍遠比不上他。

仁杓和恩英，偶爾也會在不需要牽手的日子走上頂樓。

「難道是為了要鎮住這塊糟糕的地，才在上面蓋了學校嗎？」

仁杓正經地問道。

「因為色色的能量，比預期的還要更厲害啊。」

恩英隨口答道。

然後兩人習慣性地牽起了手。

註解——

1 處女鬼：未婚即死去的女鬼。

2 禁繩：韓國傳統薩滿信仰中用於阻擋晦氣的草繩，常橫掛在大門或路口，保護神聖場域能免於不淨之物的侵擾。

3 韓語的「地」與「池」發音相同。

週六限定玩伴

今天是「玩樂的週六」。[4]雖然表訂課程是一週五天，但是每隔週六有菁英班[5]的課，所以M高的老師仍在使用「玩樂的週六」這個詞，玩樂的週六就是要去遊樂場，從恩英開始上學後便一直是如此。恩英去的遊樂場，是她初戀對象生活的地方。

遊樂場位在老舊社區大樓的中央，雖然不斷聽說這裡即將進行都市更新，但因為居民間無法達成協議，因此遭到閒置。遊樂場的現況可謂殘破不堪，有一座體積笨重、近年已相當罕見的全水泥製溜滑梯，它霸佔了遊樂場的中心。它是個表面一點也不光滑，讓人不好意思稱之為溜滑梯的結構物，而且大象造型也不太像大象。以前上面還有一層斑駁的漆，現在僅剩髒髒的灰色而已，不得不令人聯想到死亡的大象——以站姿死去、頭很大的大象。更甚的是，幾年前地面至少還是水泥地，後來卻換成了便宜的沙子。又粗又潮濕的沙子裡滿是異物，有斷裂的鞦韆、故障的蹺蹺板、生鏽的鐵棒。過去曾讓很多孩子受傷的遊樂場，今日卻連個孩子的身影都很少見了。

只有恩英的第一個朋友正賢還留在這裡。

他的頭上總是流著一點血。恩英雖然曾覺得奇怪，不過當時僅五歲的她，花了很長時間才明白是怎麼回事。或許因為恩英喜歡正賢，才會那麼晚發現吧，誰會不喜歡他呢？正賢都不會看向其他的朋友，只看著恩英。如果恩英來的話，他會把手上正在玩的東西全丟給恩英，向她跑過來，所以恩英感到很開心。他和其他孩子不同，無論何時去遊樂場，他都在那裡，讓恩英以為他是很守約的人。跟其他小孩玩遊戲的樂趣甚至不及他的一半。恩英遲鈍的父母，還擔心她是個會自言自語、不善交際的孩子。其實，恩英不過是在另一個圈子更擅於交際罷了。

她偶然聽說了。樓上的阿姨為了嚇唬她，說出有個孩子從溜滑梯摔死的事，她馬上就意識到那是正賢。知道的時候，恩英已是要上學的年紀，她這才漸漸明白，如果說她的家人和朋友是活在腳踩得著實地的世界，那自己就是遊走於邊緣地帶，步步驚險的處境。從此之後，原本看起來完全是個小孩的正賢，也越來越像半透明的果凍。

即使太陽下山了，也沒有人來帶走他。初見面時，他比恩英還高一個頭，現在已是個頭比恩英小很多的孩子。即使他的頭上一直、一直都流著血，他也不在意。

恩英看了很心痛，因此經常買餅乾去遊樂場。只要她打開袋子，正賢就會跑過來，卡滋卡滋地吃起來。雖然餅乾數量沒有減少，卻能聽得見聲音。她依舊喜歡和正賢玩在一起。恩英在學校已經是個出了名的怪小孩，每當她認為自己已能清楚分辨人和鬼而洋洋得意時，又會再度因為誤判而犯錯，學校同學也察覺到，比鬼還像鬼的恩英身上散發出的奇異特質。她漸漸變得沉默寡言，會和正賢一起坐在遊樂場等媽媽。明明還沒死，明明不是死掉的小孩，恩英卻開始擔心媽媽不會再來接她放學，因為她曾經目睹父母為了她的狀況激烈爭吵。有時候她很羨慕正賢。人類完全不會害怕正賢，卻害怕根本沒必要害怕的恩英。

即使後來搬到了其他地區，從學校畢業，進入職場，接著又回到校園，恩英依然會去遊樂場。她還會挑那些第一次見到正賢時買得到，而且現在也能買到的餅乾。市面上有賣了很久的餅乾，也有很多才上市一陣子就消失的餅乾，這些餅乾的興衰存亡，會不會藏著什麼不為人知的祕密？恩英腦中冒出了天馬行空的疑問。但這應該是仁杓才會思考的問題吧。和正賢一起吃餅乾，是完全休息和放鬆的時光，恩英低頭看著他的頭頂，決定不去想其他事。

一點也沒長大的正賢，常常會誤以為恩英也還是個小孩子。

——我們來比賽看誰可以倒吊最久？要嗎？

「我現在連不動的時候骨頭也會痛，而且你又不會腦充血，這樣對我很不利。」

——切，長大了就不好玩了。

「……媽媽最近還會來嗎？」

——嗯，偶爾會來。她已經是老奶奶了。可是我常常忘記時間。

「你在說什麼啊？」

——媽媽好像昨天有來過，又好像永遠不會再來了。而且我有時候會看到小時候的妳。我的腦袋亂七八糟的。

「頭不會痛嗎？」

恩英伸出手，作勢要擦掉正賢頭上流的血，即使知道根本擦不掉。

——嗯，不會痛。

正賢淡定地吃著餅乾。也不是真的吃得到，怎麼能夠發出聲音呢？恩英想到她包包裡的BB槍和玩具刀。假如正賢覺得痛，或是他傷害了任何人，她早就消滅他了。但正賢是如此地無害。有些人是奮力掙扎後粉身碎骨而死，但也有如正賢一樣，像個香皂製成的玫瑰，死後也久久不會消逝。

——玉蜀黍的包裝還是六角形的時候好像比較好吃。

正賢發著牢騷。

「真的。」

恩英不自覺地附和他。若未來有一天，去了遊樂場也找不到正賢時，她難以預料自己會不會傷心。最近她偶爾會懷疑，正賢說不定不是死亡的孩子，而是遊樂場兒童死亡意外的謠言所構成的靈體。而正賢認作是媽媽的那個人，搞不好與他毫無關係。恩英二十多年來持續探望正賢，但從來沒見過他的媽媽。

——妳該不會是我的媽媽吧？

「你說這什麼肉麻的話啊。」

——我知道，只是想著說不定是。因為我會一直忘記。

隨著安全又有軟墊的遊樂場越來越多，關於遊樂場的可怕傳說也消失了，那正賢會不會也慢慢地不見？每天獨自一人待在沒有小孩會來的遊樂場應該很孤單，有可能牽著他的手，移動到其他受歡迎的遊樂場嗎？當然，或許在這過程中，他就灰飛煙滅了。正當恩英感到苦惱時，手機響了。每次只要電話一響，正賢就會嚇一跳。他似乎仍無法適應。

「洪老師，好的。」

仁杓打來提醒恩英別錯過約定的見面時間。

——誰？

「一起工作的老師。」

——不再玩一下嗎？

「對不起，我會再來的。」

——說好了喔。明天？

「嗯，明天。」

恩英撒了謊。雖然要隔幾週才能來，但對正賢來說沒有差別。最後離開前，她讓正賢兩手抓了滿滿的餅乾，即使只聽見他吃餅乾的聲音，不過一想起正賢把臉頰吃得鼓鼓的模樣，恩英就覺得已經圓滿達成上午的例行公事。

「因為剛才有點事。」

「為什麼每次都遲到啊？」

恩英不是故意要遲到的，在赴約的路上，她又打散了幾個靈體所以來晚了，只要看見了就不得不消滅，她也很兩難。仁杓車上的安全帶和他的心情一樣緊繃，應該很久沒人坐在他的副駕駛座了。兩人大多會聊有關學校的事，可是每次意見相左時，氣氛便瞬間凍結。他們就這樣一路上你來我往，爭論不休，每次抵達目的地後，仁杓要將車子停進無障礙停車位時，恩英總會大驚小怪。像他一樣擁有強大保護罩，幾乎可說是人體裝甲車的人，哪算殘障人士。對恩英而言，他受傷的腿不過是個小問題。但她的心思常被看穿，讓仁杓感到很委屈。雖然只有萬分之一機率能碰上像他一樣的好運氣，但是他最近不僅骨盆疼、腰疼，連肩膀也疼，這三流女巫究竟憑什麼說三道四。

兩人每隔週六下午的行程，簡單來說就是名勝觀光。在認識仁杓以前，這是恩英一個人做的事。主要是造訪歷史悠久或很多人參拜的廟宇，在寺廟的塔頂合個掌，充電一下。當然，好好睡一覺可以充電，牽仁杓的手也能充電，但都比不上來到風景名勝充電的品質。這好比是將生命的燃料，從汽油換成了高級機油；又像是過期茶包泡的茶，與茶藝專家泡的茶之間的差異。經歷讓人吃盡苦頭的工作後，恩英經常會中毒，因此需要以正能量填滿自己。尤其在寺廟舉行繞塔祈福活動後，每座塔猶如蓄滿閃電般，擁有高純度的能量，讓恩英能盡情偷取。我竟然靠著偷取別人的願望生存，這是多詭異的人生啊。恩英常常如此自嘲。

「妳從來沒露出馬腳嗎？」

由於恩英的能力大都用在學校，表明願意負擔費用與接送、硬是跟來寺廟的仁杓，如此問道。

「大概二十歲的時候，有一次被住持發現了。那時候我到處摸佛塔、舍利塔，和人家堆起來的石堆，他就在我背後小聲說：『吸完了請用來做好事喔！』然後就走了。」

「哇，原來他知道。然後呢？」

「因為太丟臉了，後來有一陣子都不敢去寺廟，改去那些有知名雕像的教會。我抓著彼得雕像的腳趾，假裝祈禱了很久。」

「那裡都沒人說什麼嗎？」

「有個修女大概是可憐我，所以送我復活節巧克力，不知道她是不是發現了才那樣做。」

「充好電的話，我們可以走了吧？」

「不行，我還沒喝山泉水。」

「會食物中毒啦，不是什麼水都能喝的。」

「那洪老師你不要喝就好。」

恩英和仁杓也常去南山。來到南山塔的目的和石塔是不同的，恩英是要從南山塔前方鐵絲網上掛滿的愛情鎖偷能量。每次來南山塔，鎖頭的數量都會增加，以數量來看的話，有時候這裡是更好的充電地點。

「我竟然靠偷別人的愛情生存……這比偷別人的願望還要更卑鄙吧？」

恩英自言自語道。

「哎喲，這才不是為了生存，是為了公共利益，所以沒關係的。我會幫妳把風，妳就多吸一點。」

仁杓漫不經心地把每個鎖頭翻過來，一邊看看上面寫了什麼，一邊安慰她。恩英和仁杓一起行動時，確實不像之前獨自行動時那麼顯眼。

「想要吃進補的料理嗎？」

「不用了，你能和我一起來就很感恩了。」

「安老師，週末就是要盡可能地活用，別到了週間又一直抱怨自己被奴役、做不下去了。」

「你不能給我錢就好了嗎？」

「要我付給妳嗎？」

「我不能收學校的錢，也不能收你的錢，好難過喔。」

「這禮拜我用漆雞[6]付給妳。」

去吃晚餐的路上看見的夜景，如同願望、愛情和承諾般燦爛。恩英的額頭靠著車窗，望著窗外，心中期盼在未來某天，自己不再是竊取別人心願的那一方，而是成為許願的那個人。

「窗戶會留下痕跡啦，看看妳的油光！」

她才正覺得仁杓親切，就馬上挨了一頓罵。

「沒印上去，沒有印上去啦。」

恩英趕緊用袖子擦掉痕跡。洪仁杓，我們走著瞧。恩英瞪了他一眼，仁杓馬上從儀表板拿出吸油面紙，粗魯地丟在她的膝蓋上。總有一天我會跟你算帳，哪天你有難我也不會幫忙。安恩英，妳的個性變得真溫和啊……恩英咬牙忍下這口氣，拿一張吸油面紙啪啪地拍打。

黃金般珍貴的星期六就這樣過去了。

註解——

4 玩樂的週六：在週休二日尚未全面實施，僅採取隔週休二日制度的時期，一般人慣稱休息的週六為「玩樂的週六」。

5 菁英班：韓國學校裡依照科目別，針對具有優秀才能的學生實施的特殊分班。
6 漆雞：將雞和漆樹皮一起熬煮製成的雞湯，作為夏日進補用的養生料理。

幸運，混亂

「這些真的全都要偷走？」

朴閔宇（比起本名，更常被叫做「混亂」的高三生）不安地問道。

「你想想看，這個營隊有三天兩夜，有了這張認證書就多了三天耶。你只要說因為志願服務時數不夠，需要再去一次就好了。」

「那三天我們要住哪吃哪啊？」

「到時候就會有辦法了，不要怕。反正沒人發現，我們想去哪就去哪。」

「那撕下我們需要的量就好了，幹嘛撕那麼多張？」

「剩下的用一張三萬韓圜賣給其他同學啊。你安靜地把風就好，連門都別跨進來，會倒楣。」

丘智亨（綽號「Lucky」的高三生）一副自信滿滿的樣子，根本也用不著閔宇替他把風。嗤地一聲，智亨從資料夾裡，撕下一疊志願服務認證書，那聲音讓閔宇聽了膽顫心驚，不由得摸了摸後腦杓。

「啊，我也不知這樣行不行。」

智亨將認證書收進衣服裡。

「回首爾以後你刻個印章。」

「連印章都要刻？」

「沒有印章的話就沒用啊。」

「印章要用什麼刻？」

「橡皮擦。」

「我哪刻得出來啊！」

「你不是美術社的嗎？都進了冷門的社團，就要好好利用啊。」

「你自己又參加了多好的社團？撞球社是什麼東西啊？公認的流氓嗎？」

「幹嘛這樣，那是國民健康運動耶。」

因為兩人的形象都不太好，導致社團志願落榜兩次，最後進入排在第三志願的社團，這對朋友就這樣邊吵邊走回住處。來參加拯救濕地環境營的兩人，都穿著一雙不知有多少人穿過的舊雨靴，在泥濘中走了一整天。這都還能忍受，但住處連個蚊帳都沒有，就太過分了。後來雖然要到了防蚊床，卻不得不懷疑其實它根本沒效果，因為被叮得太慘烈，連究竟是哪邊癢、哪邊不癢都搞不清楚了。於是一到凌晨，兩人下定決心要去偷認證書。他們當然也想拯救濕地，但濕氣或蚊子都很惹人厭，所以他們一心只想回首爾。而且田裡的鸕鶿，不知為何僅對閔宇具有攻擊性。

「我不應該叫你選的，我應該自己選才對，那就會是更簡單、更輕鬆的營隊了。」

智亨拿出預先藏好的菸。

「你會得癌症，不要再抽那種東西了。」

「我才不會。」

閔宇真的認為智亨有可能應是不會得癌症的人，他是個絕對不會倒楣的人。但說來說去，閔宇還是很慶幸智亨願意和他玩在一起。

「那兩個人是兄弟嗎？」

學校晚餐時間，恩英望著趁空檔踢足球的男孩，一邊嘟噥著。

「誰啊？」

Jellyfish 懶洋洋地從床上起身問道。惠炫即使升上了三年級，依然改不掉跑來保健室睡覺的習慣，她淡淡地說了一句身體不舒服，接著就全身放鬆地癱在那。身體竟能放鬆到這種程度，連恩英都感到神奇，便任由她去了。上次的事件確實讓她們變親近了，不過恩英很擔心她都已經三年級了，可以一直睡嗎？難道不該裝出自己是考生的樣子嗎？雖然眼前這動物正是因為沒什麼勝負欲，才討人喜歡，但恩英還是得經常叫醒她。

「那兩個。」

兩個男學生之間，有一條長長的乳白色辮子相連。其實那不是真正的辮子，而是一束軟軟的乳白色果凍。即使是兄弟間也很少看到這種狀況，之前竟然都沒發現。他們一個是防守，一個是進擊，所以彼此就算距離遙遠，仍是緊緊相連。那條濃密的辮子是從頸後的衣領冒出來，看起來像是古代的公子一樣。

「嗯？混亂？不是啊，他應該是獨生子吧。」

順著恩英手指的方向，惠炫往操場看了看回答道。

「妳和比較矮的那個熟嗎？」

惠炫一時回答不出來。

「閔宇好像有點喜歡惠炫。」

因為女朋友說要睡覺就跟過來，利用平板電腦、聽線上課程的昇權，代替她答道。

「才沒有。」

「就是有。」

「才沒有。」

「妳這麼遲鈍的人怎麼會知道？明明每次都不知道。妳也不知道我喜歡妳啊。」

「……」

這些小鬼為什麼要在這打情罵俏，恩英有點惱怒。

「算了。閔宇是哪班，姓什麼？為什麼綽號叫混亂啊？」

「八班的朴閔宇。嗯……他其實不壞，但是常把事情鬧大。只要和他扯上關係，真的會變得很混亂。」

昇權也走到窗邊，回答恩英的疑問。

「可是他不是壞孩子，其實很善良、很親切。」

惠炫為閔宇辯解。

「因為他只對妳親切啊。」

昇權惱怒地答道。

「……例如怎樣的混亂法？」

恩英反問的語氣，彷彿是在警告他們別繼續打情罵俏，否則她要發火了。

「比較不嚴重的，就像是上第二外語課的時候，因為大家志願都不同，所以要換教室上課。明明中文和德文課在八、九、十班，閔宇卻到處誤傳說七、八、九班必須換位子，到最後七、八、九、十班的學生全都混在一起了，一直到老師來了以後，才終於又回到原來正確的班級。」

「不是什麼很嚴重的事嘛。」

「怎麼了？如果很嚴重的話，老師妳會介入嗎？」

惠炫眼睛一亮。

「只是覺得他看起來有點特別。那另一個人呢？不認識？」

昇權好像知道什麼似的，猶豫了一下。

「我不會告訴其他老師，你說吧。」

「他偷了很多東西，然後拿去賣掉。他在補習班偷的好像比在學校多，從電子產品、掛著的衣服到包包，不分種類。有幾次也帶了運動鞋來，不知道又是從哪偷的。可能是因為他都避開貴的東西，只挑那種不會讓自己惹上麻煩的物品下手。而且他從來沒被抓過，所以才被叫 Lucky 吧。因為他人很隨和、長得也不錯，大家也就沒去追究，但是總有一天會被抓到。」

「啊，原來是他喔，我想起來了，他給過我羊羹。忘了是什麼時候，他去那邊前面的店偷了十五個羊羹來，我吃過就忘了。」

原來是隻靠飼料認人的 Jellyfish。光是羊羹就偷了十五個？恩英對現在十幾歲小孩的零食偏好有點困惑。

總之羊羹不是重點。聽到這，恩英已經將這兩個傢伙列上她的清單了。雖然目前還不太嚴重，但兩人之間由辮子相連的拋物線，顯然失去了某種平衡。

「真的要刻印章嗎？用掃描的不行嗎？」

閔宇狐疑地看著智亨交給他的大橡皮擦。

為了避免失敗，智亨一共準備了五個。

「有種東西叫做印泥乾掉後的觸感好嗎？只要一摸就知道了。還掃描咧，說這種不專業的話。」

智亨還遞給閔宇一組專業的精密雕刻刀。

「這也是偷來的？」

「什麼偷來的，這是用之前存下的收入買的，我這是投資好嗎？你好好刻喔。志願服務認證書如果能成功的話，可能也會有人需要簡易的嘉獎證明。這是我拍下訓導主任印章，再放大印出來的，這個也刻一下。」

如果累積了太多違規記點，很多學生會乾脆自我放棄，於是老師都會隨身攜帶便條紙，以便給學生更多額外獎勵，之後再由班導師彙整，登錄到伺服器上。閔宇和智亨不太容易得到嘉獎，因此需要簡易嘉獎證明來抵銷違規記點，他們身邊其他朋友的狀況也相同，所以一定會有需求。

「營長的印章比較大，可是訓導主任的太小了。乾脆去比較遠的印章店刻不是更好？這要我怎麼刻啊？」

「刻得差不多就好了啊。」

智亨揉了一下閔宇的肩膀，便開始看起網路漫畫。讀書室裡只有閔宇和智亨，他們還煞費苦心地調整桌上的 LED 燈，書也全都移到上方層板。乾淨的書桌上只擺著橡皮擦和雕刻刀，閔宇試著平息內心的洶湧波濤。沒想到混亂的手藝還不錯，而且在 Lucky 的鞭策下，又更往極致邁進。

從來不曾努力讀書，但成績卻不錯的智亨，與明明很認真唸書，但每到考試便慌了手腳的閔宇，兩人以類似的成績和運氣進了同所國中後，又一起升上高中。從國中到高中六年來，他們只有兩次分到不同班級，這確實是不得了的機率。

「都刻好了。」

閔宇一放下雕刻刀，智亨便從包包裡取出印泥。

「要蓋蓋看嗎？」

「嗯。」

「左邊有點糊了。」

「嗯，再把那邊削薄一點。」

兩人仔細端詳印章，感到相當滿意，彷彿自己打造了什麼人類文化遺產一樣，獲得了純粹而圓滿的成就感。智亨在小小的餅乾盒裡鋪上衛生紙，把橡皮擦平放其上。

「閔宇和智亨嗎？」

仁杓在二年級的辦公室裡洗著杯子，稍微陷入了沉思。

「對，聽說是在你的班上對嗎？」

恩英繼續追問。教師辦公室對她來說，不是個自在的空間，熱衷八卦的國文老師，甚至往她的方向豎起耳朵。看來人類耳朵的肌肉還沒退化呢。國文老師具有將雞毛蒜皮的小事，改編得比原版更鄉土、更露骨的才能。一位外貌如此高貴時尚的老師，竟然喜歡將「撲倒」、「打炮」等字眼掛在嘴邊，真是難以置信。但最令人不高興的是，外面流傳的謠言裡還諷刺說，恩英是個拜金女。事實上，擔任恩英行動電源的仁杓，他才是那個到處跟著她跑的人。

「他們兩個總是黏在一起。」

「他們是怎樣的孩子呢？」

「不能說是模範生，可是也沒犯過什麼大錯。安老師妳大概還不太了解他們，畢竟沒什麼機會和他們直接面對面。這個年紀的男孩子多少都有點脫序，並不是每個人都像昇權那樣穩重……雖然希望他們變得沉穩，但大部分都很晚熟。」

「是嗎？我也不確定問題是不是出在這。他們兩個沒做過什麼奇怪的事嗎？」

「我想想看……智亨有次被發現把成人雜誌以每次幾百元的價格租給其他同學，不過每年至少會有一個這樣的傢伙，而且也不是非常不堪入目的雜誌。啊，閔宇。閔宇曾經惹了有點大的麻煩。」

「什麼麻煩？」

「他把倉鼠帶來學校，結果弄丟了。可是為什麼要帶倉鼠來啊，帶來要幹嘛……體育課的時候，他說有把盒子關好才出去，回教室以後卻發現牠不見了，所以全班都在找倉鼠。找著找著就到了午餐時間，他還跑去其他班，把每班的湯桶都攪攪看，怕倉鼠掉到湯桶裡面，我真的不知道他為什麼會那樣做。其他學生聽到有倉鼠跑進去，飯也不吃，就全都去找倉鼠了，閔宇好像還哭了大概六個小時。最後，是智亨在其他班的廢紙回收箱找到的，不知道倉鼠怎麼會跑到那裡。」

「幸好倉鼠沒死，這種小動物光是受到驚嚇就可能會死掉。」

恩英思考了關於混亂和 Lucky 的事。他們在一起時，雖然會製造問題，卻又能解決問題。目前為止還沒有人受傷，倉鼠也沒事，應該不要緊吧。說不定只要調整一下就好了。

「你如果沒有自然捲，好像會更好看。」

觀眾席被午後的陽光曬到像一層溫熱的坐墊，惠炫坐上去，對著閔宇搭話。閔宇分明聽見她的話，卻裝作沒聽清楚似地，臉上好像寫著「嗯？」一樣，疑惑地看著惠炫。於是她大聲地再說一遍。

「我說，把頭髮燙直或是剃成小平頭，應該會很適合你。」

然後她露出如倉鼠般的笑容，以無限可愛的表情看著閔宇。像惠炫個子這麼高、胸部又大的人，竟然可以有這麼可愛的表情，而且還沒有違和感，這讓混亂覺得心慌意亂。去年支支吾吾向她搭訕時，她沒有任何反應，現在才回應我，未免慢了太多拍。但她不是和別班的男生交往了嗎？難道分手了？

「喔……下次試試看。」

達到目的後，惠炫便離開位子。剛才在遠處觀察的智亨走了過來。

「Jellyfish 說了什麼？」

「她說我換個髮型比較好看……」

閔宇有些失神地回答。

「她不是和趙昇權交往嗎？幹嘛沒事跟你說這種曖昧的話。喂，你醒醒，不要再看她了。女生連後腦杓都有長眼睛。」

「我該剪頭髮了，我的頭髮都吃不進燙髮藥水。」

「你馬上剪的話會很沒面子，至少等個兩週，這樣看起來就和她說的話沒關係了。」

不過智亨高明的建議，從閔宇的左耳進去，又從右耳出來。隔天，閔宇馬上剃了小平頭到校。

「我真的以為是因為頭髮的關係。」

恩英尷尬地對惠炫和昇權道歉。惠炫覺得很有趣，所以並不介意，昇權則是默不作答。

「什麼，我這樣的美女特務成功執行了美人計，竟然出錯了？」

沒什麼心眼的Jellyfish，在保健室裡自顧自地跳起舞來。

「嚴重的自然捲偶爾會造成不好的影響，所以才想試試看，但我錯了。」

恩英不知如何是好。閔宇和智亨兩人都有自然捲，這點是最有可能的原因啊。雖然說閔宇的自然捲像菜瓜布一樣，而智亨則是類似朱利亞諾・德・麥地奇（Giuliano de' Medici）石膏像……

「如果不是頭髮的話，那就是腋毛了吧。」

「喔？」

「不是腋毛的話，嗯……那還有更敏感的地方啦。」

「呃啊！」

惠炫聽懂的瞬間嚇一跳。

「嗯嗯，我只打算試到腋毛為止。完全不想叫他們做比基尼除毛！」

恩英一臉嫌惡的表情。

「一定是腋毛。」

仁杓很肯定。

「可是你怎麼能確定？」

「不是都這樣的嗎？在將軍娃娃傳說[7]中是如此，而且腋下也常用來指翅膀的意思。」

「你那副裝作自己很懂的表情，真的很討人厭。你一開始不也說是頭髮的關係嗎？」

仁杓闔起原本正在看的書，站了起來。

「無論兩人之間有什麼，真的有必要斬斷它嗎？這樣會不會干涉太多了？」

「其實我也有點猶豫，只是根據經驗，這種事就像一個擴散的螺旋。」

「擴散的螺旋？」

「意外事故會漸漸變嚴重。」

「可是螺旋也可能向內收攏，不是嗎？」

恩英不禁反問：「你真的這樣想嗎？」然後露出一臉疑惑的表情。仁杓肯定地回答：「就是這樣。」

「那我會再稍微打聽一下，然後重新計畫。搞不好真的沒什麼事。」

仁杓向來是個溫吞的人，他總是質疑恩英是否介入太多。只要智亨有天頓悟到自己不會永遠如此幸運，便會拋棄他那特有的傲慢；而閔宇本來就是個性情很好的孩子，只要再沉穩一些，以後也會是正常的大人。現在雖然時候未到，但那一天終究會來臨，有必要如此焦急嗎？仁杓為了證明恩英是錯的，便悄悄從這些孩子的交友圈開始旁敲側擊。關鍵是必須假裝他已經知道一切，只是想進一步確認的樣子。剛開始還沒人中計，不過很快地，他們就像一株結實纍纍的馬鈴薯，全被挖了出來。

「我還沒買啦。」

「還沒買，但是想要買？」

「沒有，我沒有要買。」

仁杓明明不知道是什麼東西，卻裝作知道的樣子。

「多少錢？」

「三萬（韓圜）。」

「有哪些東西？」

「他們說還在製作中，目前有志願服務認證書、簡易嘉獎證明。」

哈，被我逮到了吧！仁杓氣得說不出話。據實以報的學生，雙眼睜得如金魚般大，正等著受罰，於是仁杓先讓他離開。

「你知道這可能會變得多嚴重嗎？你有意識到嗎？」

仁杓一邊摸著橡皮擦印章，一邊低頭看著閔宇。閔宇羞紅了臉，答不出話來。他毛躁的捲髮一轉眼似乎又變長，也有點變紅。

「還沒賣出去嗎？」

「還沒有賣掉。」

才正要開始賣而已。東西都還沒有上市，他們也不知道是怎麼被發現的，所以更加心慌。

「閔宇，你不是這樣的孩子啊，為什麼這麼做？是智亨叫你做的嗎？」

「不是。」

不知道為什麼大家都認為他是智亨的手下，閔宇總是對這點感到惱怒，但此刻他連生氣的餘裕都沒有。

「不行，你去叫智亨過來。」

兩個孩子站到仁杓面前，臉色好像一會漲紅、一會又發青似的。仁杓靜靜地放下兩支眉刀。

「是要我們剃掉眉毛嗎？」

聽了驚慌到臉色發白的智亨問道。智亨腦筋雖然動得很快，卻還是想不透是怎麼被抓到的。不過慶幸的是，對方是情緒不容易激動的仁杓。

「不是，你們兩個都把上衣脫了。」

「什麼？」

「用眉刀剃掉腋毛。」

「蛤？」

「呃，才不要！」

但是仁杓的眼睛連眨也不眨。學生看到這副表情，就明白他不是在開玩笑。

「……老師，我們知道錯了，可是……」

「可是？」

「可是不太清楚這懲罰的意義是什麼？」

「腋毛在古代是被折斷的翅膀的意思。抓到叛徒後，要將他下油鍋前，為了永絕後患，會把他的腋毛剃乾淨。世界上沒有比這更恥辱的刑罰了。」

結果閔宇和智亨沒把仁杓捏造的傳說當一回事。也是，因為仁杓在課堂上，總愛說古代是怎樣又怎樣的，還會給一些無厘頭的懲罰。兩人確實是感到很羞恥，也剃掉了自己的腋毛。男學生散發著阿摩尼亞氣味的腋毛，一撮撮地掉落在諮商室的地板。事實上，仁杓自己也不太想看到這樣的畫面。

不過仁杓的猜測是正確的。閔宇和智亨腋下光溜溜的那一個多月，是兩人入學以來最像模範生的時期。閔宇在美術比賽得了獎，而智亨不僅一次都沒遲到，更在討論課上表現突出。

「可是終究會留長的吧？」

恩英憂心地問。

「能做多少是多少。超出我們能力以外的事，還能怎樣呢？」

仁杓其實也擔心同樣的問題，只是不想表露出來。他的目標並不只是希望學生順從，身為老師，他冀望的是能藉由拉開兩人的距離，引導他們各自發揮全面的潛力。

「這件事不好好了結的話，又會發生奇怪的事情了。」

恩英焦躁地以拖鞋磨蹭地板。

「了結啊，了結……」

「原本做得好好的事，為什麼突然不行？」

智亨指責了閔宇。

「我照平常的做了啊，是你抄錯了。」

閔宇依舊是委屈的閔宇。兩人是合作無間的作弊搭檔，甚至說是他們兩人共同創造了悠久的作弊歷史也不為過。起初他們也很不專業，試過咳嗽、以大腿撞桌腳等方式，問題是很容易露出馬腳。更令他們困擾的是，即使每科只打25題的暗號，也會導致大腿幾近麻痺。因此後來他們活用桌面的兩顆螺絲，將書桌的縱邊劃分成五等分，再移動試筆位置的方法作弊。假如認為自己被懷疑了，就臨機應變，改將手指擱在耳後或踏腳的方式。這一切的先決條件在於確保座位安排妥當，過程中也有可能是由兩人之外的搭檔一同參與。

「那我們乾脆分攤課目複習，反正我們的成績也就那樣。」

三、四個人合作的時候很順利。然而，即使大家串通好了，也可能會有過於信任彼此，於是最後誰也沒唸書的最壞情況。因此，閔宇和智亨再度回到沒有其他同學加入的形式，打算在上學期的期末考僅靠兩人試試看，但智亨卻抄錯了閔宇傳來的答案。

「我的作弊史竟然留下這種恥辱。」

「我們乾脆就到此為止吧。原本其他人就因為我們說好要給志願服務認證書，但卻又搞砸，已經為此很不高興，要是發現我們作弊，說不定會去打小報告。」

這次智亨也不得不同意閔宇的話。

「考試快結束了，我們需要再次取得大家的信任。去偷坐墊怎麼樣？」

「坐墊？」

「現在開始大家都會進入準備大考的狀態了呀，幸運坐墊就是要用女校的坐墊[8]最好。」

「反正是男女同校，我們去比較遠的班級偷女生的坐墊，不是比較簡單嗎？」

「那馬上就會被抓到啦！」

隔天放學途中，智亨一臉嚴肅地站在同一區的L女高校外，抬頭往上看。這裡的日光燈顏色比M高中的更白，看來用的不是晝光色，而是白色的燈管，所以更加刺眼。智亨先緩緩地做了一次深呼吸，再將一捆鞭炮交給了閔宇。

「會不會又只有我被抓到？」

「還是你要自己進去？」

「不要……但是在開放的空間比較好吧。鞭炮給我，還有打火機。」

「我沒回來的話，你就拿去吧。」

「才給我三百塊而已，還裝什麼酷。」

於是智亨以及不知道他怎麼從班上招募來的六名身手敏捷的同學，共分成兩組行動，各自從建築兩邊的入口上去。而閔宇正計算他們上樓的時間，暫時站在原地不動，手指一邊壓著鞭炮的引線尾端。

傳統繩結社社長全亞玲，因為漢文老師與保健老師請她做繩結特訓而有點慌張。這原本是大家會靜靜看書、悄聲聊天，或一邊嘗試編織、組合各種漂亮彩繩的平靜時光。一個連社團指導老師都很少出席的社團，突然多了兩位老師坐在學生之間，引起了一陣騷亂。他們為什麼要來？

「要不要教你們怎麼打同心結呢？」

「不用，我們不想學那個，請教我們打士大夫經常打的那種繩結。」

「士、士大夫？」

「嗯嗯，不是有那種通常是男生才會打的結嗎？祈求官運亨通、揚名立萬的？不是有關戀愛的，而是完完全全只為了自己的那種，和其他人沒有牽扯，只向內求的繩結。」

「請盡可能教我那種象徵個人的、獨立的繩結。」

看見平時臉色像是失魂般蒼白的保健老師，忽然雙眼發亮地問她，真是讓她備感壓力。不過亞玲身為擁有兩個妹妹的大姐，也曾經教過還是小學生的老么打繩結，她心想，教老師總不會比教小學生來得困難吧，於是開始向他們解說。

「這個是加耳雙聯結……還有這是龍蝦結、蟹結的差異。好，那現在要不要試試看蛹結呢？」

仁杓雙手各拿著一支鑷子，將細繩繞過來又穿過去。恩英則在打了幾個結之後，開始用頭亂撞桌子。她趁其他學生沒注意的時候向仁杓竊竊私語。

「洪老師，我做不了這個啦。拿著刀槍打架還比較適合我。繞這邊、繞那邊、再穿過那個洞，到底是要穿到哪去，我真的搞不清楚。我是個戰士，沒辦法做這些。」

聽了恩英的話，仁杓放聲笑出來。

「妳以為自己平常是什麼女戰士吧？那種女戰士的形象只存在妳的腦海裡啦。其實在別人眼中，會覺得妳好像拿著玩具在死命掙扎好嗎？還有每次為什麼都要把屁股往後推？妳應該做些運動，練練劍道或射擊，好好接受訓練。要不然至少做一下肌力訓練吧。」

「那為了讓我去運動，你可以自己在這裡學繩結嗎？」

剛才去察看其他學生的全亞玲回來了。她看了看兩人的繩結，在恩英的作品裡感受到了她的氣餒。

「今天先到這吧，不過下次上課我們要完成蝴蝶結、蟬結。蟬結是高難度的結喔，結合了雙聯結、龍蝦結、蟹結……」

恩英光是聽到這句話魂都飛了，再看看專注聽講的仁杓，心想，他前世大概是文靜的閨秀，而我就是個市井小民吧。她覺得有些挫折。

智亨有超群的視力，所以不需要減速，也能一面奔跑一面抓走坐墊。他從教室後門進去後就完全掌握了坐墊的位置，以最有效率的路徑收走坐墊，再從前門離開。用魔氈固定的比較多，很容易取走，他看了一下緞帶式的坐墊，因為綁得太牢就放棄了。可能是很多學生去補習班了，所以大部分座位都空著，而留下自習的多數女學生也不覺得對此特別反感，而把這看成一項趣味活動。每次有老師遠遠地在走廊上吼叫或吹口哨，便引起女學生的一陣竊笑。有些人甚至主動將自己正在用的坐墊遞過來。

「電話號碼也順便一起？」

女學生邊笑邊在便條紙寫下電話號碼。

「大考結束要跟我們班聯誼嗎？」

她微笑不語的樣子很可愛。智亨沒有等待她的答覆，急忙跑向下個班級了。

這間教室格外冷清。智亨打算偷完這班就結束，於是向著其他樓層大喊撤退，同時強扯下了坐墊。

「那個坐墊是……」

獨自坐在窗邊的女學生嚇得想勸阻智亨，但他完全沒聽見就從前門溜走了。

「是過世的同學的……」

「八班？是那兩個人在的班級吧？有多少人？」

「全部。因為晚自習留下的十六位學生，全都同時哭了。」

「為什麼？」

「問他們也不回答，要麻煩安老師去看一下了。」

「嘖，我上去。」

恩英將刀槍向後插入白袍內，她原本是為了製作下週要上的性教育課程資料而加班。難怪會想要留在學校工作，我這個人的直覺真是……。她一邊喃喃自語，一邊往三年級的教室走去。

壯觀。真的很壯觀。

那些平常愛表現出一副「我們已經長大了」、「這年紀實在糟透了，我們生無可戀了」的表情，一邊像個幽靈般晃來晃去的高三生，全都在放聲痛哭。他們的身體前後搖擺，放著桌椅不坐，硬是坐在地板上，甚至一面脫衣一面大哭。

恩英走進這團混亂的場面。有位穿著外校制服的女學生在場，她蜷縮著身體，一手抓著智亨底下的坐墊一角在哭泣。

「坐墊是哪來的？」

智亨哭到無法回答，閔宇哭著用手指向窗外。根據這看起來沒意義的動作，恩英猜測剛才大概有人去搶坐墊了。女學生開始哭得更大聲。

這孩子在生前正值困惑的年紀往生，之後還沒來得及適應死亡，又硬生生被帶來莫名其妙的地方。她的模樣在眼前不停變化，一下子衣衫破爛不整，一下子全身到處瘀青，一下吐血、一下長出斑點，並且持續哭泣不止。光從這些變化來看，無法推測出她的死因。恩英很不喜歡這類型的死亡——這種年輕早逝、遭受暴力的死亡。她就是為了不再看見這些才轉職，卻又再次碰到了。這困惑的女孩，坐在一片哭聲的同心圓裡，即使嘗試和她對話也沒用。

這次你們真的做錯了，就算是不知情也一樣。把她帶來這裡萬萬不可。偷坐墊這件事本身就令人反感，又過時到了極點，怎麼會……雖然恩英很難過，但已經無計可施。她取出折疊起來只有冰淇淋甜筒般大的塑膠刀，稍微對她劃了一下。

在那些大哭的學生清醒前，恩英粗魯地扯下智亨椅子上的坐墊。燒掉坐墊時，她的心情一直很沉重。

等待腋毛留長的時間。等腋毛長到足以打繩結的時間。等腋毛茂密到能隱藏住繩結，而不會被發現的時間。

在這段等待的時間裡，大考結束了。

「再這樣下去他們都要離開了。」

恩英很焦躁。

「還剩下一個很好的機會，個別諮商時間才正要開始啊。我為了做這件事，從當二年級班導的時候，就自願擔任三年級的升學諮商助理了。我是以幫忙提高升學率為藉口，但只要一想到當時毛遂自薦的樣子有多奇怪、多彆扭，我就……總之，這次一定要有成果，我們再來做最後一次的例行演練吧！」

仁杓拿出鑷子和線，雖然恩英無論如何也無法和他一樣打出漂亮的結，不過至少她學會做出還算像樣的繩結。每個週末他們都會進行特訓。

當繩結達到一定的水準後，他們討論了很多能讓Lucky和「混亂」安靜不動的方法。說到用繩索和安眠藥這種相當冒險又侵害人權的方式，恩英忍不住向仁杓坦白。

「老師，其實我曾經靠彈手指就把人弄昏了。」

「彈手指？」

仁杓聽了很是驚訝，但盡可能以淡定的態度反問恩英。

「彈指時灌注適量的元氣，對準太陽穴彈就能讓人昏倒。」

「妳常常這樣做嗎？」

「沒有，只有一次，所以之前才沒說。」

077 幸運，混亂

「那一次是什麼時候？」

「讀大學的時候。」

「對誰？」

「醉漢。搭地鐵的時候他對我毛手毛腳，所以我不知不覺就……」

恩英對仁杓坦承自己是十多年前在地鐵上，手指一彈就彈昏了對她性騷擾的醉漢的「三號線憤怒彈指女」，幸好網路上沒留下照片。

「今天是決戰日！」

智亨在後門的鏡子前抹著髮蠟，煞有其事地對大家宣佈。他在瀏海上髮蠟的手勢，彷彿擁有高超手藝的大師，而閔宇正頂著一頭尚未全乾的頭髮，等候大師替他打理。智亨昨天還叮嚀他，頭髮必須是半乾狀態，才容易上髮蠟。包含閔宇和智亨，今天頭髮明顯未乾的男學生，一共有十七個。因為今天正是坐墊被偷的L女高，和他們班聯誼的日子。

「來來來，我們今天不要太認真投入，痛快地玩就好！反正如果要重考的話，這一切都是白搭。」

智亨的話是這麼說，卻很確信自己不會重考。那些裝作不緊張的男生，以衣物去味噴霧替代香水，在自己身上噴個不停。教室的空氣越來越刺鼻。

「人數剛剛好嗎？」

閔宇擔心地問。智亨思索了一下。

「嗯……還不太確定，搞不好會少四個人……你說過小學同學在那間學校吧？你叫她和她的朋友也一起來。」

「她們會聽我的嗎？」

閔宇還是先傳了簡訊給同學，為了避免她們最後沒到，也向第二、第三、第四順位的人傳了訊息。

「啊，對了。那個教漢文的老古板，叫你跟我一起去找他一下。這高二的導師真是莫名其妙。」

雖然智亨碎念個不停，但閔宇還算喜歡仁杓，所以趕緊跟去諮商室。兩人才一坐下，站在門後的恩英就跑出來，對他們的太陽穴使出彈指神功。在兩人輕叫一聲的同時，恩英和仁杓抓住從椅子上滑下來的他們，讓他們平躺在毛毯上。

「要開始了嗎？」

仁杓拿起了鑷子。

「他們差不多要醒來了。」

恩英難得盡到保健老師的義務，替他們測量了脈搏。在此之前，他們兩側的腋毛已綁得牢牢的，共有四個高難度的結，這都是為了避免他們的元氣外漏才出此下策。然而不光是打結，要脫掉他們的衣服也不是容易的事，Lucky 穿了緊身夾克和上衣也就算了，「混亂」甚至在兩件T恤裡，又穿了一件貼身發熱衣。重新幫閔宇和智亨穿好衣服，讓他們癱軟的身體坐回椅子後，兩人都還沒醒過來。

「等一下再大聲叫醒他們。」

恩英看著自己的指甲縫不安地說道。

「趕快回去吧，等一下去新開的火鍋店吃飯。」

仁杓擦掉手背上的汗水。冬天流什麼汗啊？他向外望了操場一眼，下起雪了。雪下得並不大，是像粉末般的細雪。上午的課結束後，那群三年級生正踢著牛奶盒殺時間，平時一溜煙就消失的傢伙，今天卻有很多人留下來。

「好，所以——」

仁杓的腳用力踢了一下，讓鐵桌發出巨響，他才一開口，兩個孩子都睜開了眼，神情有些恍惚。

「你們想去哪些學校呢？」

原本只是做做樣子的仁杓，不知不覺開始認真地幫他們進行升學諮商。幸好兩個學生都沒發現他們曾短暫失去意識。

精神還有些恍惚的智亨和閔宇，大概作夢也沒料到校門外已聚集了五十多個高中女生。因為閔宇的小學同學人脈特別好，最後到場的女生人數竟然是男生的三倍。

比仁杓和兩個學生更早發現那些女學生的恩英，此時深吸了一口氣，然後悄悄地拉下窗簾。

「我不想管了，拜託快點給我畢業！」

註解——

7將軍娃娃傳說：韓國民間傳說。相傳有一個腋下長了一對翅膀、力大無窮的孩子，誕生在貧困的平民家庭，然而父母卻擔憂孩子長大後成為逆賊，為家中招致災禍，因此決定殺死孩子。

8幸運坐墊：部分韓國高三考生，相信異性（尤其是女性）使用過的坐墊會帶來好運，能有助於錄取理想學校，因此有學生和異性交換坐墊，也有人偷異性用過的坐墊。

外籍教師麥肯錫

從二年級升上三年級後，不知為何體力突然下降許多的仙華，嘴裡含著媽媽給的紅蔘片，一邊走上坡道。

「啊——到底是哪個傢伙把學校蓋在山頂啦！」

其實M高中並非建在很高的地方，問題出在考生的體力。紅蔘片到現在還是硬梆梆的，咬不斷。她的身體狀態已經糟到連口中的唾液都分泌不足。昨天的自習時間快結束前，稍微趴下來閉目養神時，甚至經歷了鬼壓床。不知道哪來的三個女孩，莫名其妙地在旁邊開始議論起仙華是否真的睡著。

「她真的在睡覺嗎？」

「妳戳戳看。」

「好像有點醒了，她聽得到我們說話嗎？」

喂妳們幾個，我沒睡著！仙華想要立刻起身，但腦袋像是被壓住了一樣，動也動不了。她雖然全身動彈不得，不過因為實在太常被鬼壓床，也就不覺得害怕了，只是很厭煩而已。就這樣過了大約二十分鐘，終於到了下課時間，隔壁同學挪了椅子，搖一搖仙華的身體，她才清醒過來。

「喔，謝謝。」

「謝什麼？」

「我又被鬼壓床了。我睡覺的時候有人在旁邊竊竊私語嗎？」

「怎麼可能，班導一直坐在那邊，沒人敢吵鬧。我們班導好像沒有私生活耶，連家也不回，至少去談個戀愛吧……」

「看看他那嚴肅的臉，別說是談戀愛了，應該也沒什麼嗜好。對了，這學校有鬼，是真的。我在家的時候不會被鬼壓床，但只要一來學校就拚命被壓。」

隔壁同學終究還是不相信她。這八字重的女人，真令她羨慕。一大早開始腳就走不動，總覺得今天也會被鬼壓床。已經遲到的仙華有些自暴自棄，拖著沉重的腳步，繼續一步一步地走上坡。

「Good morning, sleepyhead!」

聽起來像是從韓國美軍電台傳出的聲音對著仙華說話。原來是最近新來的外籍英文老師。雖然仙華從英語幼稚園開始，就學習文法、會話，也去補習班上課，但真正要開口時卻只能支支吾吾。

「妳的頭髮上有東西。Something in your hair.」

同樣一句話，總會以韓語說一次，再以英語說一次的外籍老師，手向仙華的頭髮伸去。仙華還沒聽過他的課，但知道他是很受高一生歡迎的僑胞出身的美男子。她往散亂的頭髮裡亂摸一通。奇怪，這加州男幹嘛一大早就往我的頭髮裡瞧……從建築縫隙中斜射出的陽光，將外籍老師那一身古銅色肌膚與對比鮮明的整潔白牙，照得閃閃發亮。仙華因為摸不著頭髮上沾的東西，漸漸漲紅了臉。

「我幫妳弄。Wait, wait, let me... Okay, Done.」

外籍老師攤開手掌，讓仙華看看他從頭髮上取下來的東西，彷彿剛完成一件了不起的大事，期待得到讚賞的孩子般。那是一顆表面為針刺狀的乾枯種子。但她剛才又不是從草叢堆過來的，怎麼會黏上這個？不過仙華慶幸至少不是沾上什麼令人尷尬的東西。

正在校門口檢查服裝儀容的仁杓，眼神對上了外籍老師麥肯錫，便向他微微點頭示意。上一次的外籍英語教師是四十歲出頭的加拿大人，由於他經常問女學生，覺得和加拿大男人結婚如何，又屢次有不當的言行，因此遭到解僱。這次則是由英語科全體教師出面，進行深度訪談後才挑選出麥肯錫。儘管如此，他們可能還是不放心，於是請了仁杓進行最終面試。另一位進入決選的候選人是來自紐西蘭、形象非常健康的美女。然而面試當天，嗯，該怎麼說好呢？她非常的「No Bra」。或許在紐西蘭大家比較崇尚自然，但連身為老師的仁杓視線也不禁往那邊集中，因此最後決定不能讓青春期的孩子，置身在如此西式的健康環境中。不過，後來聽說了這件事的保健老師卻義憤填膺，一會說胸罩會誘發乳癌，一會又說假如這一生要投身一項社會運動的話，那一定會是 No Bra 運動，還說她要從現在就開始實踐。但仁杓心想，即使她實踐 No Bra 行動，應該也不會造成什麼衝擊。

「如果只聽你的名字，完全會以為是個外國人。」

「啊，因為我的母親再婚了。雖然沒必要連我的名字都改，但是我認為改名的話在當地生活可能比較方便。只是現在我也不確定是不是這樣了。」

「你的韓語也說得很好。面對學生的時候，即使不是在上課也希望盡量用英語對話，裝作不太會說韓語比較好。那，我們再來看看……喔？你服過兵役了？但你若不去也沒關係不是嗎？」

「其實，是因為我有點茫然。我成長的地區並不是太好的地方……媽媽希望我能夠懂事一點，所以讓我去當兵了。」

「所以，現在比較懂事了嗎？」

一位上了年紀的英語老師邊笑邊問。

「沒有，還是很常挨罵。不過韓國確實比較好玩，所以想在這玩一陣子再回去，就來應徵了。」

雖然仁杓對這番毫無保留的直言有些遲疑，不過一想起爺爺的名言，很快便做出了決定。爺爺說過，曾經玩過的人不會闖大禍。

恩英和仁杓不同，打從一開始她就不喜歡麥肯錫。恩英並不會輕易討厭他人，但也不意味著她容易喜歡別人，而是因為討厭一個人需要消耗能量，可是她沒有這種餘力。話雖如此，麥肯錫不知為何總令她看不順眼。

麥肯錫常常從保健室的窗戶前經過。起初，恩英以為自己是不滿意他那吊兒郎當的步伐、悠哉搖擺的浮誇姿態。不過再仔細觀察，才發現原來是因為完全感覺不到他身上有任何色色的能量。

「怎麼可能。那一定是假的！」

恩英不自覺地驚呼。那是不可能的。從恩英開始執行她獨特的天職後，從來不曾見過這種人。從僧人、牧師、泌尿科手術患者、九十幾歲老人到兩歲的幼兒，所有人都會冒出色色的果凍泡泡。連個性很差的仁杓老師，在發呆時也會冒出一團團的東西，像麥肯錫這樣二十多歲的青年，不可能完全沒有。這樣的話，代表他有很嚴重的問題，某個尚未顯露出來的、糟糕的大問題……恩英對色色力量的迷信，正在內心沸騰，正好經過的麥肯錫，就被她瞪了一眼。

麥肯錫回頭對恩英露出微笑，恩英卻錯過了對他笑的時機。

黃裕貞從四樓的一年級教室，望著麥肯錫和幾個男學生一起打籃球的樣子。籃球場並不是位在窗戶正下方，而是遠在操場的另一頭，她很驚訝竟然能從這看見喜歡的人的一舉一動，甚至是一滴滴的汗水。

喜歡的人。

裕貞口中一直重複呢喃這句話。喜歡的人，麥老師，喜歡你，我喜歡你，老師，老師我喜歡你……在嘴裡默念時是如此甜蜜又完美，但在房間練習說出來的時候，卻覺得自己的聲音和發音聽起來十分可笑。也許，這句話到最後她都無法對任何人說出口。其他人能夠輕易說出口的這句話，假如是由裕貞開口，可能會變成令人不快的笑話，或被當成是一種惡劣的攻擊。

學校一直以來是個殘酷的地方。不只是這所學校，從小學至今都是如此。裕貞曾有好幾次想要自請退學。小學時是因為異位性皮膚炎，國中時則是因為用了不適合的洗髮精，導致角質增生，因此被貼上「皮屑髒鬼」的標籤，即使現在升上了高中，仍舊擺脫不了它。當然，有些孩子即使被貼上標籤，也能安然無恙地脫身，但裕貞並不是那種類型。她厭惡那些殘忍的同學，也討厭對她友善的孩子。雖然知道是自己的內心出了問題，但她只想要一個人待著。假如能自請退學，或許她能有其他路走；假如她的父母是更開明的人，就會放任她去。但很不幸地，他們不是這樣的人。

多虧有麥肯錫，裕貞的出席日數才勉強接近正常值。原本裕貞認為喜歡老師的那種女學生很愚蠢，但沒想到自己現在也成為其中之一。可是嚴格說起來，外籍老師不算是正規的老師。

這一切的緣由，都是因為麥肯錫曾撩起裕貞的瀏海，稱讚她漂亮。

裕貞從來都不期待聽到「妳很漂亮」這種陳腔濫調，她並不是因為這句話而喜歡上他。當時班上有幾個男生，因為不想當裕貞的會話搭檔而互相推讓、鬧個不停，原本以為麥肯錫也會像其他老師一樣裝作沒看見。但相反地，他一個箭步邁向坐在角落的裕貞，在褲管上抹一抹沾上粉筆末的手，再用乾淨的手背撩起裕貞的瀏海，與她四目相接。她是第一次看到那樣毫無惡意卻又淘氣的笑眼。這並不是為了達到教育目的而作的秀，他的眼神裡沒有那種企圖。他真的是對著裕貞笑。在裕貞尚未從震驚中回神，說不出任何話的時候，麥肯錫已經轉過身，對其他同學說：

「你們都是笨蛋。See the potential! 裕貞多漂亮啊，皮膚很好，比例也超棒，你們怎麼都看不到她的潛力？等上了大學，裕貞會是學校最漂亮的，到時候你們一定會很後悔。」

沒有人認真聽進麥肯錫的激辯，什麼皮膚、什麼比例的，這哪裡像是一位老師會說的話。但是麥肯錫說的一字一句，都令裕貞非常驚訝。她已經記不得上一次有人用正眼看她是多久以前的事了，也已經很久沒有人能夠無視他人的意見、傳聞和氣氛，完全憑自己的想法來評價她，儘管他的評價似乎不太正確。裕貞認為自己永遠不可能會有變漂亮、受歡迎的那一天，因為她從裡到外都糟透了，只能重新投胎才有機會。可是在麥肯錫說話的當下，連她都願意暫且相信他了。即使是欺騙，她也甘願受騙。她的心意似乎在瀏海被撩起的那刻已全露了餡。光是有人能為了裕貞而鼓起勇氣說謊便已足夠，而且說謊的技巧還很高超，是個圓滑而有力的謊。

他們再次在走廊相遇時，麥肯錫又對裕貞說了這句話。

「Get a haircut. Don’t hide.」

裕貞真的剪了一點點瀏海，她不敢剪得太多。雖然是別人無法察覺到差異的長度，不過洗髮的時候感覺輕盈了些，總是疼痛的頸部和肩膀，似乎也不那麼痛了。

「Mr. 洪！」

仁杓用完午餐，正在走回去的路上，卻被正在和孩子打籃球的麥老師逮個正著。麥老師熱情地做出邀請他「一起打、一起打」的手勢，讓仁杓哭笑不得。喂，你們這些人為什麼都假裝不知道我的腳不方便呢？要是可以打籃球的話，我還會這樣走路嗎？仁杓馬上在遠處搖頭拒絕。外籍老師的眉毛就像外國人的眉毛一樣，失望地垂下來，然後從一群學生中溜了出來。

「One more game, one more game.」

學生不想讓他離開，但麥肯錫還是快步走上樓。

「對不起，我該走了。園藝時間到了。」

一開始，其他老師和學生都以為有人強迫麥肯錫接下園藝社，不僅是因為約聘教師鮮少擔任社團老師，而是麥老師無論怎麼看都不像適合園藝社的人。由於園藝社每年的社員人數少之又少，為了避免社團面臨解散，傳聞學校甚至還修改了校規。麥肯錫以嘻哈風格戴上毛巾，憑著高昂的熱情，將前前後後的花圃翻土整地，種下之前沒見過的花草品種，大家也才開始認真看待這件事。在學校眾人的眼中，麥肯錫成了一位有個性的外籍英語教師。

Jellyfish 哼哼地吸了一下久違的保健室味道。

「好懷念喔，這味道。」

「妳怎麼常常在這出沒？畢業了還一直出現的話，看起來很沒出息喔。」

恩英雖然親暱地挖苦惠炫，但看見她死氣沉沉的模樣，也就不再多說什麼了。

「我跟昇權分手了……」

惠炫馬上毫不保留地全說了出來。恩英沒問為什麼。高中生情侶上了大學還能持續交往的例子不多，而且像惠炫這樣少根筋的人，也很難維持長久的戀愛。儘管昇權是個很不錯的小子，但這也無可奈何。Jellyfish 不像平常的她，憂鬱地走來走去，恩英看了很心疼。

「老師，我們要不要一起去算塔羅牌？」

「那種東西都是騙人的啦。」

「欸……老師妳怎麼這樣說。」

「雖然不是全都在騙人，但坐在那裡的，大部分就是些沒能力的騙子。」

「不是這樣的，聽說我們學校前面有個很厲害的阿姨，我很好奇老師看到她的話，會不會見到什麼東西。」

「不要，我為什麼要跟妳……」

那瞬間，恩英看見惠炫的耳朵喪氣地垂下，她心軟了。

於是，她拿著隨身物品踏出門口，卻迎面碰上仁杓。

「噢，惠炫妳來了啊。安老師，我們現在要去吃鮪魚，妳要一起去嗎？」

恩英聽到「鮪魚」兩個字，不禁吞了一下口水，但她仍然決定要當一個以學生為最優先的好老師，因此冷靜地拒絕了邀約。仁杓的臉好像跑出了「發生什麼事？這女人竟然拒絕吃鮪魚」的字幕一樣，覺得有些掃興。真是好一個靠表情說話的男人。

把某某部長、某某主任全都邀請來的仁杓，正往鮪魚餐廳走去，麥肯錫老師也參了一腳。其他老師為了和他說上一句英語，嘰嘰喳喳個不停，反倒讓那些真正的英文老師有些尷尬。

「當初是過得多徬徨，才讓令堂送你去軍隊呢？」

仁杓一邊將苜蓿芽平鋪在鮪魚上，一邊問道。麥肯錫此時已有了醉意。

「其實不是很嚴重的事，我抽大麻的時候被媽媽抓到，不過在那裡大家都抽過一兩次。之後就再也沒抽過了。」

麥肯錫停頓了一下，仁杓和其他老師則互看彼此的臉色，大家都表現出「我沒被嚇到」的神情，然後麥肯錫又接著說下去。

「我住的地區原本就不太好，有些朋友真的對毒品上癮，在當地甚至能買到冰毒，媽媽大概覺得環境很糟。剛進軍隊時真的很討厭那裡，叫我去休息，結果一躺下來就挨罵……不過後來比較會察言觀色，還算過得去。覺得韓國好像比較適合我。」

其他老師拍拍麥肯錫的背，一面細數韓國是多好的國家，一面嘩嘩地倒了甘甜的韓國酒給他。雖然他的酒精分解酵素看起來並非特別優越，卻也沒有婉拒喝酒。

裕貞站在麥肯錫住的套房前。我來了，我竟然來了。連自己也感覺不太真實。裕貞利用她那薄弱的存在感，悄悄從辦公室打聽到了麥肯錫的住址。來這裡打算要幹嘛？裕貞覺得盲目行事的自己很沒用，而且還有點失望，因為眼前的房子，與想像中的加州風豪宅相差甚遠。

麥老師他好像很窮，非常窮。

不僅建築物本身看起來破舊又冷清，麥肯錫住的房間還是其中最小的，位在一樓、沒有日照的朝北房間。窗戶外頭就擺著垃圾回收桶，所以房間味道大概不太好聞。裕貞很訝異他住在這種地方，竟然還能笑得如此燦爛，是開朗到不可思議的笑容。裕貞常認為自己像是被人丟棄在某處、皺成一團的收據，她也希望自己至少能那樣開朗地笑一次。很好奇他的房間內長什麼樣子。

裕貞爬上舊衣回收箱時滑了一跤，高度不是問題，但因為金屬很冰、表面也已斑駁，所以有點擔心膝蓋。她將帽T脫下來鋪在上面，再次爬了上去。這次成功了，可是臀部卻開始抽筋。平時休息時間，她就一動也不動，當然會運動不足。因為實在太痛了，她甚至下意識地叫出聲，幸好沒人經過。裕貞捶著臀部捶了好一陣子，然後將額頭緊貼著紗窗往裡面瞧。

房間裡什麼也沒有。擺在地上的床墊、簡易吊衣架、小冰箱，和幾個當作抽屜用的MDF箱子，幾乎可說是全部了。行李箱甚至還是攤開的，衣服也全都是運動品牌服飾，還有幾雙裕貞看起來很眼熟的運動鞋。雖然有幾本英文書，不過都是些世界暢銷名著，難以看出他有什麼獨特喜好。不可能，裕貞心想。絕對不可能是這樣。如此特別的人，不可能擁有一個這麼平凡的房間啊。無法接受。

裕貞用手指推推紗窗，紗窗噹啷噹啷地晃動了一下，一些褐色灰塵落下，僅此而已，窗戶比預期的還要牢固。因為是反過身坐在舊衣回收箱上，她的腿就吊在那，搖來晃去的。假如被發現並傳出去的話，難以想像會發生什麼事。一切都會變得很糟，她還稍微想像了一下那些同學到處嚷嚷「聽說那個瘋子黃裕貞，從窗戶闖進麥肯錫老師房間」的樣子。他們目前最多就是言語霸凌，到時候說不定要動手打人了。他們會笑著動手，還是板著臉動手呢，真好奇。裕貞生來就不擅於與人應對。不知道為什麼，她天生擁有一副像在嘲笑別人的臉，所以常引發誤會，或許這才是比頭皮屑更嚴重的問題，但無論父母如何糾正她，也無力改變這點。過了一段時間，她也真的開始嘲笑其他成群結隊的孩子。那些在群體中最孱弱的動物、被指定為獵物而遭遺棄的動物，以及自始至終無法融入群體的動物，不是都會以一定的比例存在於每個族群中嗎？為何你們無法認同生而如此的我？要是能別管我，讓我遠離群體就好了。

被發現的話，搞不好就可以不去上學了。想到這，裕貞心情輕鬆了不少。她從鉛筆盒拿出美工刀，在紗窗上劃了一個X字。

然後她將鞋子脫掉，整齊地擺在外頭，雙腳落地，接著說「不好意思打擾了」。裕貞想著人不在房內的麥肯錫，向他打了聲招呼。

與其說這裡是店面，其實更像是個攤位而已，從充斥在這空間裡密密麻麻的觸鬚來看，似乎不完全是騙人的。惠炫看見恩英驚嘆的表情就笑了，擺出一臉「我就說吧」的樣子。恩英一坐上椅子，觸鬚便順著腳踝爬上來，而從天花板垂下的觸鬚，一直觸碰到耳朵和頸部。她強忍住想一把揮掉它們的衝動。

算命阿姨本人相貌溫柔而穩重，沒有濃妝豔抹，也沒有配戴搶眼的飾品，身穿淺色亞麻襯衫，所以即使在路上見到她，也不會察覺出她從事特殊的行業。而且她十分從容悠閒，所以也看不出她能否感覺到自己的觸鬚。果然像是深藏不露的高手。

「想問什麼呢？」

「戀愛運，戀愛運。噢耶！」

惠炫很興奮地說自己要先算。每次洗牌時，恩英就看著那些相互吸附的牌卡一張張地被洗開。

「……分手了嗎？」

惠炫點點頭。

「對方是好人，要再遇到這樣的人雖然不容易，但是你命定的另一半，會在交往四十個人之後才出現，所以即使覺得新認識的這個對象不怎麼樣，也要持續認識更多人。」

惠炫搖了搖頭。

「四十個人？四十個人要交往到什麼時候啊？」

「像是聯誼或朋友幫忙介紹的場合，只要能多認識一些人的話就全都去參加，四十個人也只是粗估的，如果算上那些和妳擦身而過的人，說不定會高達一百個人。」

「那也太多了吧！難道不能在大概十年後，鏘鏘！突然遇見他嗎？像命中注定的一樣？」

惠炫嘀咕著說學生時代談了很多戀愛，都已經厭煩了。

「確實有些人是那種命，但妳不是。不要害怕人，盡量認識越多越好，別偷懶喔。」

恩英認為這是很好的建議。對這個容易相信別人、心胸寬大的傢伙來說，的確有必要盡可能認識各種不同的人，累積多一點經驗。在惠炫陷入了一年該要認識多少人的沉思中時，恩英趕緊說自己要算戀愛運。假如她選擇算工作運，有可能會發生令彼此都尷尬的事，比如要是出現下個月會在井裡抓到某個東西之類的卦，該如何是好呢？

「妳已經遇見命定的對象了。」

「什麼？我沒有遇見那種人啊。」

「真的嗎？」

「哎唷，是漢文老師啦，漢文老師！」

「吵死了！」

「妳雖然已經遇到他了，但是有非常強勁的對手。有個人很渴望他。妳應該要小心喔。」

「呃，剛才洗牌的時候我有點分心了，可以讓我再洗一次牌嗎？」

算命阿姨一句話也沒說地就收好卡片交給她。恩英很仔細地洗著牌。我的人生已經如此艱難了，不能連命中注定的對象也為難我啊，不可以，不可以……她洗了幾分鐘以後，果決地將卡片整疊交回去。

然而，當看見抽出來的牌和先前一模一樣時，三個人都不知道該說什麼了。每擺出一張牌，她們就驚嘆一次。同樣的牌出現在同樣的位置，連算命阿姨都相當訝異。

恩英默默付了錢，走出小小的攤位。有個強勁的對手啊……這像是在毫無準備的狀態下，突然被推上戰場打鬥的感覺。

仁杓不喜歡酒。與其說討厭酒，不如說他討厭喝到酩酊大醉的人。老師們從下午四點開始聚餐，就這樣一路喝下去，仁杓看了一下手錶，都要七點半了，一陣煩躁湧了上來。其實只需喝一點酒心情就會變好，卻非得喝超過那麼一點，最後犯下失禮的錯誤，或是說出不該說的話，隔天才尷尬不已。即使是老師也不例外。這種壓力大的職業做久了，只要是能再多喝一點，就絕不會少喝。人類為何無法活得優雅一些，展現自我節制的修養呢？我都請你們來吃這麼美味的鮪魚了，還這副德性！

仁杓悄悄起身，打算去結帳後就先溜走，他一向都是如此。仁杓站起來時，大家會裝作沒看見，因為知道他不喜歡留到很晚，如果留他下來，也只會耍脾氣。又因為仁杓是老闆，讓他能像個透明人般安靜地離開，也是一種體諒。儘管大家心知肚明，仁杓禮貌上仍小心地避免引起注意。

「老師，你要去哪裡？」

從洗手間回來的外籍老師，見到仁杓已穿上鞋，卻不識相地挽留他。

「你再多留一下吧，我要先走了。」

「欸，你要丟下我先走嗎？大家好像都喝得很醉，留下我一個人該怎麼辦？過一下再走嘛——」

我看你好像是喝得最醉的那個人吧。仁杓覺得很為難。

「他們就算那個樣子也能自己回家的，你覺得差不多的時候也趁機溜走吧。」

「欸欸欸～」

麥肯錫一把抓住洪老師的手臂，仁杓才剛靈活地甩開他，又立即被抓住皮帶。仁杓有些慌張無措，竟然抓我皮帶？他皺起眉頭瞪了一眼，外籍老師大概也嚇到，這才鬆開了手。

「很抱歉。」

「沒關係，週末好好休息。」

又挑錯人了。以後要僱人的時候，可能都需要恩英幫忙了。仁杓想到恩英一定會洋洋得意，心裡就覺得不舒服。還不如回家細細咀嚼《史記》，培養自己看人的眼光會更好。能一邊小酌，一邊閱讀美好的經典原著，是多麼風雅的事，如果也能讓其他人感受同樣的樂趣就好了。

為了下一堂課，裕貞從儲物櫃拿出體育服，但衣服卻傳出一股臭味，聞起來像是廉價、刺鼻的食用醋，這味道已經濃到無法穿的程度。在一旁拿出自己體育服的學生，一臉鄙視地看著她。妳究竟是多骯髒，衣服才會發出那樣的味道？明明穿上體育服後也沒什麼在運動啊。

上星期明明已經洗了衣服，怎麼會這樣？其他同學與獨自站在原地的裕貞擦身而過，紛紛從教室離開了。是有人偷穿嗎？但是那些偷別人體育服穿的慣犯，沒道理非偷裕貞的衣服不可。因為目前為止，那些借不到體育服的人，即使知道要受罰，也不曾向她借來穿。衣服上還繡了大大的名字，不可能會看錯……剛才那股刺鼻的味道會不會已經沒了？再聞了一次，果然，還是不行。

難道是誰在衣服上噴東西？裕貞將體育服硬塞入紙袋，手掌在制服裙子上擦一擦。與其穿著制服出去，不如不要走出去比較好。因為每次老師發現是她沒來之後，表現出那副看似為難卻又無所謂的樣子，裕貞已經再熟悉不過了。

她竟冒出了想一把火燒掉體育服的念頭。

雖然恩英常把「快死了」、「好辛苦」、「好累」掛在嘴邊，事實上她依然是充滿熱情的保健老師。她說服仁杓將急救措施訓練所需的二手的假人背來，並取得其他老師的諒解，每班借用二十分鐘來上課。儘管只有二十分鐘，要跑完全校所有班級也非易事。曾有人建議不如在禮堂一次教完，可是恩英主張必須近距離授課。她教學生保持呼吸道暢通的方法、口對口人工呼吸、胸外心臟按摩，即便以後大多數人都忘光了，至少也有部分的人記得，說不定其中有人會在某天救人一命。她喜歡想像這種遙遠又渺茫的可能性，如同暈車時將視線望向遠方，症狀就會好轉的道理。

為了上這些課，恩英忙到很晚才注意到一件事。在走廊上、洗手台旁、倉庫裡、樓梯上，都有位長得一模一樣的女孩站在那，是個一不留神便容易忽略，有著長瀏海的女生。她一定是在等待某個人。有時穿制服，有時穿體育服，有時穿室內鞋，有時穿著運動鞋，外表有些差異，卻都是同一個女孩。剛開始，恩英對她沒什麼印象，就這麼擦身而過了，可是當她開始「增生」時，很難不意識到她的存在。

恩英知道這是什麼現象，她曾有過一兩次的經驗，不過不是在學校，而是在醫院的時候。

印象最深刻的一次，是發生在陷入昏迷的患者身上。當時恩英的一位護理師前輩，無論是對待清醒或無意識的患者都同樣親切，因此讓那位臥病在床的患者在此狀態下喜歡上她，接著他開始不斷出現在候診間、手術室、屋頂、洗手間、餐廳。而患者穿著病人服的樣子都差不多，加上他的臉上還纏著繃帶，害恩英為了找出他的本體，吃了不少苦頭。

找出本體後，她也一度不知該拿他如何是好。畢竟他並沒有傷害誰，不過是一直、一直等恩英的前輩出現，如果恩英的前輩經過，他也只是出神地望著她。

恩英暗自替這個現象取名叫「沒頭沒腦單戀症候群」，只要感受到一點點的親切，就會輕易喜歡上對方。這經常發生在自身處境不太好的人身上，一旦愛慕之情爆炸性地增長，往四周流竄的話，本體便會逐漸衰弱。這通常不是自然發生的問題，而是要歸咎於那些蹩腳巫師亂寫的符咒。之前那位患者就是因為母親在他的枕頭下，放了一張希望他盡快清醒的符咒而造成的。這恐怕是由考生符咒而意外引發的吧，恩英嘖了一聲。你們這些畫符的，拜託專業一點！

當年她只能一個個消滅患者的分身，卻沒有用，接著只好找上臥病在床的本體，但那個月，每天晚上在患者耳邊嘮叨：「那位姐姐的腳趾甲很髒，指甲長到肉裡了她才會剪指甲。沒有值班的時候就不常洗頭。她還有已經化膿的青春痘，如果不修眉，眉毛會長成一字形。她可能有小鬍子，只是除毛了，嘴巴還有口臭……」於是，她甚至很難正眼看前輩，在某方面來說，那是段艱辛的日子。

呼，這次又該怎麼應付呢？漢文老師說得沒錯，這工作聽起來雖厲害，實際上只能靠十分笨拙的方式解決。

幸運的是，這次對方身上掛著名牌，恩英看清楚了那個白白淨淨的女學生胸前的名字。

「可以教我摔角嗎？」

「你是說要我教你詩[9]嗎？」

邊說邊笑的外籍老師，聽了仁杓的話嚇了一跳。仁杓並不是以為自己聽錯而再問了一次，他是試圖往合理的方向重新組織這句話。假如是漢文詩的話，仁杓至少能教基本的程度，但若是如他所聽到的那樣，到底為什麼是摔角？

「不是，是摔角，韓國的摔角。」

「你想要學摔角嗎？」

「我想要參加運動會。」

「那怎麼會拜託我呢？要去拜託體育老師吧。」

「因為我覺得你會是最親切的老師。」

麥肯錫很標準地說出仁杓最喜歡的單詞之一——「親切」。仁杓有些心軟了，這單詞和「修養」、「禮貌」、「優雅」等，都是能說動他的詞。

「體育老師會咻咻咻地把我摔來摔去，很可怕。」

麥肯錫把話說得很誇張，仁杓卻認為，他是即使被摔來摔去，也會是個笑得很開心的人。他仍舊沒有答應。

「還是說，教我抓傳統腿帶的方法就好？」

「傳統」，這是說服他的關鍵。平時麥肯錫的用字遣詞，其實不太符合仁杓的喜好，今天卻非常接近他的紅心。

「知道了，等等晚上見吧。」

黃裕貞在等待誰？恩英在每個走廊、教室、樓層間到處觀察裕貞，無論是誰經過她都沒有反應。那些不斷增生、表情木然的自我，在單戀對象走過時，通常至少會轉個頭、有些微的動靜，或是追上去等反應，她卻一動也不動。恩英開始擔心持續缺席的裕貞本人了，究竟是什麼樣的孩子，甚至連分身都如此毫無生氣？假如她不是已經病倒在床的話。

有時候恩英忍不住向她搭話，她的頭低得瞧不見眼睛，恩英為了與她對視，還將頭往她面前探，問道：

「妳在等誰？嗯？妳到底在等誰啊？」

這麼一問，裕貞的果凍分身就變得稀薄，然後融化了。她甚至不敢看恩英的眼睛。

若不是恩英那固執的性格，最終一定無法發現真相。隔了一週，恩英目睹了一個奇怪的場面。正在等待的裕貞，仍然毫無反應，可是某個人在經過她面前時，突然加快了步伐。

麥肯錫。那位令恩英參不透的外籍老師相當反常，很明顯迅速地看了一眼裕貞之後就避開她。

「你是怎樣？你看到她了吧？」

恩英直接了當地質問。她心底湧上一股確信，半語[10]便不自覺地脫口而出了。儘管如此，她原本以為麥肯錫會裝作不知道、支吾其詞，但在看見他露出一臉嘲諷的笑容後，怒火才開始燃燒。

「我？比我強大很多的高手，妳何必一個一個到處捕殺？做點能賺錢的事吧！」

心中某個許久未曾動搖的部分，瞬間抽動了一下。恩英也有過這個念頭，畢竟這份工作是如此危險又辛苦，如果不能獲得金錢上的補償，實在是說不過去。然而，那些有能力給予金錢補償的人，大都是貪婪的人，他們會將恩英利用在不好的地方。她並不想成為那種非常低劣的承包商。恩英心想，或許有其他類型的補償吧，不過想著想著，連期待獲得補償的想法都拋棄了。她不想因為身處在一個不公平的世界，就拋棄自己處世的親切。恩英在做的事，可以說是她展現給這個社會的一種親切、親善。恩英認為這是項遭到過分低估的品德，在這點上，她與仁杓是有共識的。

假如擁有能力的人拒絕親切待人，那也沒辦法，因為是價值觀上的差異。

「妳別光是傻傻地消滅它們，要捉起來賣掉啊。這樣就不用過寒酸的日子了。」

「要怎麼做？」

恩英禁不住好奇，而麥肯錫卻是停頓了一下，笑笑地賣關子：

「外表死亡，裡面卻活著的東西，都能做得到。」

「什麼樣的東西？」

「這是商業機密，當然不能全告訴妳。」

「抓到以後呢？要拿來做什麼？」

「通常拿來攻防用囉。其實需求還滿大的，價格很高。」

說到黑市，恩英突然想起了什麼。因為性質的緣故，這個黑市比一般黑市更黑，幾年前他們也曾試圖接觸恩英。恩英還在醫院工作時，他們會在她下班的路途中徘徊，向她搭訕，或以郵寄的方式邀請她參加詭異的聚會，在收到邀約前，她還接過幾通令人不舒服的電話。但是恩英的原則是，凡是問她「您了解何謂『道』嗎？」[11]的人，她都會斬釘截鐵一口回絕，所以她只是依稀知道黑市的存在，並沒有掌握任何資訊，也完全不清楚捉到靈體後可以用在哪。

「總之在這個學校就是不行，快點滾！」

「就算妳不說，我也打算要開溜了。本來以為這裡有什麼了不起的東西，結果什麼都沒有，只有一堆『四』小孩。」

『四』小孩？恩英冷笑了一聲。有個連「死小孩」都說不標準的死小孩偷偷混了進來，我們之前竟然放任他在這撒野。

「再讓我看到就斃了你！」

恩英的手悄悄伸向腰後，這時麥肯錫先前一直隱藏住的色色能量在霎那間全冒了出來。因為站得非常近，感覺就像有數隻噁心的手正放肆地到處撫摸她，但恩英仍然面不改色。

「妳繼續當你的義工吧！再見。」

「那黃裕貞怎麼辦？」

「我哪知道？稍微對她好一點，就偷了我的東西。她不是我的問題，是妳的。」

有人在叫我。好煩，不想睜開眼。但是叫醒我的人真不是普通固執。正想要應聲，卻口乾舌燥。因為實在太渴，終究還是張開了眼睛。裕貞用手摸了摸臉，又停頓下來，為了緩解搔癢，她用冷的生理食鹽水將包紮在手上的紗布打濕再曬乾。房間內很乾燥，不出一會就乾了。這次起疹的疤痕可能需要很長一段時間吧。裕貞唯獨對傷疤這方面，十分專業。

從她摸了從那個房間偷來的種子後，當晚就開始冒出一點一點的疹子。裕貞雖然知道不太對勁，卻習慣性地遮掩自己的手，直到開始流膿才被媽媽發現。即使她知道已經被發現，還是想藏住疹子。這樣的她，彷彿是大腦迴路的設定出了什麼差錯，不過裕貞也不太想改變。佈滿雙手的疹子，開始順著手臂蔓延，一到醫院檢查，醫生便面色凝重地給了她強效的藥膏和藥。

醫師說是長了漆瘡時，裕貞難以忘卻那一瞬間，媽媽臉上閃過的神情。漆瘡？媽媽反問醫師，雖然只是皺了一下眉頭，但她分明也下意識地說了一些話。怎麼會有這種像瘡一樣的孩子？真是麻煩、討人厭，令人無法忍受、碰也不想碰的存在。

自從不去上學後，裕貞有了新的覺悟。雖然討厭去學校，但這不等於她會想待在家裡。而且，她也很想念那個從很遠的地方過來的英文老師。說不定他不是來自美國，而是來自更遙遠的地方，比如說，一個充滿樹木的國家。麥肯錫的皮箱最裡邊有許多裝滿小種子的盒子，彷彿是為了離開的那刻而提前準備好，時間一到，只要帶上種子就能立刻出發一樣。裕貞把偷來的種子，種了幾顆到花盆裡，卻不見發芽的跡象。搞不好偷來的是死掉的種子。說是種子，但又長得不像種子這點，深得裕貞的心，因此她將它當作寶物般擺在窗邊，如果是因為得到了這項寶物才導致流膿，她也無所謂。

麥肯錫老師他啊，現在雖然能露出白牙燦笑，可是不知為何，總覺得他小時候應該過得和我一樣辛苦，裕貞心想。因為她是傷疤這方面的專家，所以能理解。

先來到單槓下沙坑的仁杓，正盯著走過來的麥肯錫。在已經遲到的情況下，他卻還悠哉地一邊亂拔花圃的草，一邊走過來。性格散漫的人，有時候會惹毛仁杓。我還先從倉庫拿出綁腿帶了，但請託的人擺出的是什麼態度啊？

仁杓向他投射銳利的目光，麥肯錫才開始奔跑而來。

「終於跑了，終於跑了。」

然而，即使他已經快跑到仁杓跟前了，也沒有停住腳步，仁杓看見他的表情後，才採取了防禦姿勢，卻為時已晚。麥肯錫絆住仁杓瘸了的腿，將他撂倒，然後跨坐在他身上。

「摔角不是這樣摔的，你到底是跟誰亂學的啊？」

仁杓試圖挺起身子，卻完完全全被麥肯錫壓制住，無法脫身。還留在操場上的一群學生，發現苗頭不對，視線漸漸移往兩人的方向。

「這又不是綜合格鬥，啊！放開你的手！」

麥肯錫根本沒聽進他的話，一隻手迅速解開仁杓褲子的皮帶扣。仁杓的腦袋霎時變得一片空白。什麼？這是什麼情況？為什麼把我的褲子……？在操場的正中央？

這時，仁杓看見從操場的另一頭狂奔而來的保健老師，她又只穿著絲襪在操場上奔跑，腳底應該都是血了，這不太好吧。恩英小姐，幫我一下，我被瘋子纏上了，恩英小姐，因為實在太慌亂了，甚至連話都無法說出口。

恩英急忙剎住，還來不及瞄準就往麥肯錫開槍。她從來沒有對人開過槍，不知道會有什麼後果，威力想必和用手彈額頭的力道不同。儘管如此，她不能眼睜睜看著仁杓的保護罩被劫走。果然，當初麥肯錫假裝會乖乖離開時，不應該相信他的，怪不得會想再瞧他一眼……大概是因為源自仁杓爺爺的強大的愛與保護能量，非常獨特又寶貴，不僅恩英借用了這股能量，仁杓也借用了它，嚴格說起來，這是屬於學校的能量。盛怒的恩英擺出夜叉般的表情。她開始噠噠噠地發射ＢＢ彈，仁杓暗自希望她不會打中自己，趕快用手遮住眼睛。恩英的射擊實力如同仁杓批評的一樣，並不如她本人想的那麼出色，因此子彈幾乎都擦過兩人，其中僅有一發命中了正壓住仁杓的麥肯錫後頸。仁杓趁著麥肯錫哀號時，捂住臉、扭動身體，趕緊從中掙脫，還吃進了一些沙子。

麥肯錫則是持續抓著頸部，僵在原地，從恩英與仁杓的角度都看不見他的臉。仁杓因為受到衝擊，耳朵嗡嗡作響，讓他後悔當初遮的是眼睛而不是耳朵，接著他挺起身子。恩英後來才感覺到自己那雙連絲襪都磨破的腳很疼，所以慢吞吞地走過來。某種透明的液體，沿著麥肯錫的下巴，滴到沙子上。

「口水？呃啊——麥老師在流口水耶？」

恩英過去看了一眼，他似乎麻痺了，嘴都歪斜了。即使如此，恩英仍狠狠地盯著他，並伸手戳他一下，麥肯錫立即倒了下去。或許因為身體已扭曲的關係，他正嚴重地抽搐。原來打中人類會變成這樣子啊，其實她很希望永遠不需要知道。

「我幫你打一一九。」

她的話中雖帶有醫護人員憐憫的語氣，但對方那雙充滿敵意的眼睛，卻無任何反應。仁杓迅速穿回了褲子。

「太奇怪了，他為什麼要脫我褲子啊？」

「為了搶走你的保護罩。」

恩英用力攤開麥肯錫的手掌一看，裡面有幾顆種子。喔——，所謂裡面是活著的東西，原來是指這個，怪不得他去做一點都不符合自己形象的園藝。

「我的保護罩是長在哪裡啊？難道，真的是在那邊？」

「……是丹田，丹田。你把它想成是像鈕扣一樣的東西就可以了。」

「啊——」

恩英看了散落在腳邊的腿帶。他們剛才是打算摔角？用虛弱的身體和那個危險的傢伙對打？洪老師有時真是不可思議地沒常識。如此一來，需要掩蓋的事情又多了一件了。唉，這就是我的命啊。恩英蹲著等救護車來，還拿衛生紙想替麥肯錫擦口水，原本嘗試了幾個辦法想減輕他的不適，不過麥肯錫連在呼吸困難的狀態下也要拒絕她，她只好作罷。

有幾個孩子目睹了這場景，在之後的幾年裡，這次事件以「M高中三大狗血事件」的名號傳開來，接著又發生幾起更刺激的事件，所以這件事很快又被遺忘了。外籍老師在合約到期之前便消失了，而單戀他的女學生，則是有一搭沒一搭地上學。健康檢查當天，恩英就在測量女學生胸圍時，近距離見過裕貞本人那麼一次而已。儘管她無法為裕貞做什麼，仍然將那天從仁杓身上得到的優質能量，全都傳給了她。人在某個年紀時，會非常需要愛與保護，卻並非每個人都能如願。

恩英和仁杓曾經以學校電話打給麥肯錫幾次，他的號碼並未停話、沒有解約，也不是漫遊的狀態，依然打得通。聽說他人在國內，出院以後待在不遠的某處。原本他一直不接電話，可是某一天，恩英的手機收到一則訊息。

——我的復仇會非常「金菜」！

什麼啊？連翻譯都沒翻好……恩英只是稍微皺了眉頭，並沒有回覆他。

註解——

9 韓語的「摔角」與「詩」首字發音相似。

10 半語：韓語中的半語僅限對親近的朋友、平輩與晚輩使用，此外的情形任意使用半語，尤其是職場上，可能被視為不合乎禮節的行為。

11 原指慣於在街頭假傳教、真行騙的大巡真理教成員，後來也泛指所有搭訕路人，以宗教之名詐騙錢財的神棍。

鴨子教師韓亞凜

雛鴨出現在學校水池裡時，生物老師韓亞凜接到一通來自一樓教師辦公室的電話。

「老師，妳買了小鴨子嗎？」

剛開始韓亞凜甚至聽不懂這是什麼問題。怎麼會一大早劈頭就問我是不是買了鴨子，難道自己在不知不覺中跟了煙燻鴨的團購嗎？

「是什麼鴨子呢？」

「在停車場旁邊有水車的池子，裡頭有隻鴨子，我們想說，會不會是老師妳買的，但不小心掉出來了。」

「……我沒有買鴨子。」

韓亞凜任職已屆第二年，第一年時因為太有教學熱情，她買了好幾個水箱的金魚要供高一的學生解剖用，金魚卻一次全死光了，導致整個校園都瀰漫著可怕的惡臭（當時保健老師安恩英誤判，以為這是因為洪水沖垮了墳墓而造成鬼魂出沒，還因此搜遍了全校）。有學生因從腐敗金魚體內取出鰾的經歷，之後便放棄了未來要走上生物學道路的夢想。韓亞凜清理了好幾個水箱後，自己也後悔不已。曾有段時間她也受到指責，有些是相對委婉的，但也有不留情的批評。自此之後，只要有人聞到惡臭，或發生有關活體動物的事件，韓亞凜總是第一個接到關切電話。

接著，二樓的老師辦公室也來了電話。

「反正停車場是老師您負責打掃的區域啊，就麻煩去看一下吧。」

她平靜地掛了電話。停車場是亞凜負責的區域沒錯，但再怎麼說，人工水池也不能算是她的責任吧。鴨子？會是脫隊的候鳥嗎？韓亞凜慢慢地走下樓，好想趕快待到請調年限，換到其他學校，或是轉換職場也可以。她無法適應這裡，一定都是因為金魚下的詛咒吧，她氣餒地自嘲。

在金魚事件以前，韓亞凜就不是個受歡迎的老師。即使在比較容易受學生愛戴的實習老師時期，她也不特別具有人氣。連亞凜班上的學生來到實習老師的辦公室，也只是請她幫自己和其他老師合照。這不單純是外表的問題，而是包含外表與其他層面的魅力問題。因為從來都沒人告訴她，教師是需要運用個人魅力的職業，直到很久之後她才領悟這個道理。之前聽到某個有魅力的學生說，長大要成為有魅力的老師時，她怎麼沒意識到這點呢？她在學生時期從來也不曾喜歡過學校，所以對於最後當了教師的自己，也感到失望。當初準備考試時，確實很渴望成為老師，不過才當了兩年，便忘了那份渴望是從何而來。真想回到三年前，抓著比現在年輕三歲的自己的衣領，好好問個清楚。

亞凜經常穿比膝蓋長很多的燈心絨A字裙，顏色不是棕色就是灰色，上身則搭配象牙白或淺綠色的開襟毛衣，對於濃密到不知該如何整理的頭髮，則隨性地綁成辮子，再擦上蜜桃色調的淺色口紅，噴上淡雅花香的香水（很想淡化對金魚臭味的記憶）。

「生物老師是二十幾歲嗎？」

「看看她的衣服，一定不是啦。」

聽見幾個女學生在背後這樣議論，韓亞凜自暴自棄地說：「小朋友，說話麻煩稍微小聲點。」

傳聞這裡有水池的話，風水比較好，於是造了這座水池。什麼風水？對於主修科學的人來說是莫名其妙的言論，不過也因此多了這處美麗的角落。無論老師或學生都很喜歡這裡，每到下課時間，水池附近就十分熱鬧。亞凜走到水池邊，現場有十幾名學生圍繞，正對著鴨子拍照。那是一隻還很稚嫩的小家鴨，不怕生地在小小池子裡划來划去。

「不要摸，讓牠習慣的話不太好。」

女學生果斷地阻止了想要伸手摸的男學生。孩子們已經愛上小鴨了，韓亞凜苦惱是不是該先拿網子抓小鴨呢？如果在孩子面前抓起來，原本已經很無趣的上課氣氛，可能只會變得更糟糕。

「打鐘了，回去吧。」

剛到校的漢文老師洪仁杓一下車，就擠進一群學生中，孩子們很快就一哄而散。雖然他語氣很平靜，學生卻都乖乖聽他的話呢，讓韓亞凜瞬間羨慕了一下。學生仍然對鴨子依依不捨，但還是朝著教室移動了。

「老師，妳會怎麼處理這隻鴨子啊？」

「不會吃掉啦，快回去吧。」

「老師，我們可不可以養牠？」

「我先調查牠是從哪裡來的鴨子吧。」

洪仁杓大概第一節沒有課，學生上樓後，他仍和韓亞凜一起留在水池邊。

「韓老師為什麼在這呢？」

「啊，因為我是停車場負責人。」

韓亞凜趕緊答道，但仁杓卻只是擺出一副「所以呢」的表情，真令人不自在。不過，或許正因為他讓人覺得不自在，學生才會如此聽話吧。令人不自在的魅力，要如何培養？韓亞凜正在苦惱時，仁杓不知道打了電話給誰。

「妳過來看一下，在水池。」

不一會，穿著厚底拖鞋的保健老師，從東邊門口悠哉地走過來。看來這兩人正在交往的傳聞是真的吧。韓亞凜想，要是告訴研究部老師們這個八卦，他們會不會對自己好一點？這念頭很吸引人。

「這是什麼？」

仁杓問恩英。

「鴨子啊。」

恩英低頭看著鴨子回道。

「可是……」

恩英本想再說下去，但看了韓亞凜一眼。我應該要迴避嗎？這就是鴨子，還有其他種鴨嗎？保健老師很懂鴨嗎？

「會危險嗎？」

漢文老師接著問。

「哪方面呢？鴨子，還是人？」

「任何方面。」

「不知道耶，應該沒關係吧。」

「那可以回去了。韓老師，可能要麻煩妳準備鴨子的食物，畢竟妳比我們了解。」

仁杓與恩英把韓亞凜留下，兩人很快地離開了。只剩下韓亞凜和鴨子。鴨子想從水池邊緣上去而不斷掙扎，嘗試幾次後，終於找到最低的石頭，急忙爬了上去。果然，牠比外表看起來更聰明。韓亞凜一時間不知該找什麼食物餵鴨子，開始在網路上搜尋起來。

快到午飯時間，鴨子已經有了護衛隊，是位置最靠近水池，那群在一樓教室的學生們。韓亞凜正要餵鴨子吃飯，他們馬上自告奮勇地伸出手，於是韓亞凜告訴他們適當的量，將飼料袋交給學生。負責停車場卻沒有車的韓亞凜，趁空堂時，搭公車到她臨時上網找到的飼料店，現在才剛回來。她告訴店家需要鴨飼料，對方卻給她添加了鴨肉的寵物飼料，讓她急忙更正是要餵鴨子吃的。而且因為沒有賣小包裝，她只能將大包裝飼料一路拖回學校。

「牠是怎麼進來學校的啊？」

「是隨著水路進來的嗎？」

「需要幫牠蓋個像家一樣的地方嗎？」

「應該要送牠回原本的家啊，這裡太小了。」

然而，鴨子卻勇敢地離開了水池，漸漸擴展牠的活動範圍。牠走出水池到停車場旁的花圃散步，摘各種花來吃，也會在課堂中從窗底下經過，一邊發出呱呱呱的叫聲，每每讓孩子們興奮地鼓譟。學生擔心牠被車撞，因此像護衛隊一樣包圍著小鴨，陪牠走來走去，也不會在牠的附近打球。鴨子每天都能安全地回到水池。

韓亞凜糊里糊塗地接下調查鴨子來源的任務。推理起來並不是太困難，因為學校所在的山坡旁就有一處鴨寮。

「妳是說這麼小的鴨子會獨自跨越山坡來到這？」

其他老師聽了也全都嚇一跳。不過，從鴨子放聲呱呱大叫表達自我的樣子來看，牠的確不像是泛泛之鴨，那小小的步伐應該走了一段遙遠又險峻的路。韓亞凜謹慎地給鴨寮打了電話，向鴨寮主人說明事情原委，表明有隻鴨子來到學校，希望能還給他，而鴨寮主人聽了以後，只是冷冷地說好。

孩子們一把鼻涕一把眼淚地將小鴨送走了，他們在幾天內已經培養出感情，所以哭個不停。

「現在送回去的話，有一天牠會被吃掉吧？」

「應該會吧，可是你們也不能像現在這樣把注意力全放在鴨子身上啊，老師也是。

要是牠哪天被車子輾到該怎麼辦？」

「我們可以幫牠蓋鴨園，劃出範圍就好啊。」

「牠畢竟是有主人的鴨子啊，不是我們的，當然要還回去。」

韓亞凜費了一番功夫，才將鴨子抓進向朋友借來的外出籠。學生們一點也不想幫她，直到另外兩名老師出面擔任趕鴨人後才抓到鴨子。

經歷了一團混亂和折騰，可最後卻都白費了，因為一週後，鴨子再度回到水池裡。韓亞凜簡直不敢相信自己的眼睛。

「是同一隻鴨子嗎？」

看見她一愣一愣地嘀咕著，身邊的學生們因此發了脾氣。

「是同一隻鴨子啊！老師怎麼可以認不出我們的鴨子呢？」

孩子們一片歡聲雷動，不知道鴨子能否理解這歡呼聲的意義。再一次越過山麓而來的鴨子，看起來比之前更趾高氣昂了。

「沒辦法了，完全是吉祥物啊，吉祥物。韓老師，雖然有點麻煩，不過還是請妳聯絡鴨寮主人，請他賣給我們吧，就說小孩實在太喜歡牠了。」

教務主任給了綠燈的信號。於是韓亞凜換乘兩次公車，繞過山丘，再次抵達鴨寮。兩年來對學校周邊一直不熟悉，這次托鴨子的福，已經完全掌握了四周環境。亞凜細數著一隻小鴨所帶來的影響，一面朝鴨寮入口走去。穿不了高跟鞋的亞凜，腳下的橡膠底樂福鞋沾滿了泥土。

鴨寮主人仍像上回一樣，一副漠然的表情。聽完事情的來龍去脈後，他便開了個價。

「兩千六百元。」

……這樣啊，原來肉鴨並不是很貴的動物。原本預計要付好幾萬元的。也對，沒來過學校的人，應該很難想像這隻鴨子有多受歡迎。

亞凜對鴨子的相關業務已經漸漸上手了。小鴨也快速地成長茁壯，變成相貌堂堂、胸膛挺拔、腳蹼健壯的鴨子。孩子們對牠也毫不厭倦，十分喜愛。

「鴨子的舌頭是有骨頭的，很神奇吧？」

只要告訴學生關於鴨子的新知，他們就會睜大眼睛，像是海綿般吸收進去，這瞬間真令人感到欣慰。韓亞凜還期待，申請生物相關學科的人或許會因為鴨子的關係而增加，說不定還會有人找我做升學諮商。我要更賣力講課！但也必須先告訴他們，無論鴨子或兔子，都要把牠們煮熟、挑出骨頭，再重新組合、研究。

學務主任遠遠地向她招手。亞凜好歹也是老師，主任卻總是像叫學生那樣，對她揮手揮個不停，亞凜還是邊笑邊走了過去。她想要成為一個令人不自在的人，卻總是無法徹底實踐。

「韓老師，牠是母的還是公的啊？」

「什麼？」

「我們需不需要幫牠配對呢？既然都開始養了。」

於是韓亞凜仔細地觀察鴨子，聽說根據叫聲和尾羽能判斷公母，但因為沒有對照組，很難明確地分辨出來。最後，她趁著鴨子上岸，放下戒心時，將牠翻過來，壓了壓臀部周圍，沒有任何東西突出來，應該是母鴨。

因為是一夫多妻的動物，有人提議讓一隻公鴨和好幾隻母鴨交配，不過她認為沒這個必要，還決定只從鴨寮買來一隻公鴨。而經營鴨寮的大叔比韓亞凜更熟練地把鴨子翻了過來，再壓臀部，還說要選一隻健壯的公鴨，因此翻了好幾隻。沒想到，他似乎是個挺有人情味的人。

不過這隻公鴨一直無法適應這裡，牠和原有的那隻鴨子不同，只是靜靜地在水池附近踱來踱去，連到了繁殖期也是無精打采的樣子。兩隻鴨子似乎對彼此不感興趣。

「為什麼牠們處不來？」

韓亞凜有些喪氣。雖然如果一堆小鴨出生的話，可能會很麻煩，不過牠們還是很可愛。

「如果是老師妳的話，隨便和一個人關進同間房，就會看對眼嗎？」

不知道什麼時候來的保健老師，說了這句話。

「可是都已經選了最帥的鴨子了。」

「牠的氣很虛，所以不行啦。」

鴨子哪有什麼氣場啊，不過韓亞凜聽到這句話笑了出來。很快地，他們為鴨子蓋了真正的家，如果牠們是人的話，這個家應該算得上頂樓豪宅吧。

結果，騎上母鴨的不是公鴨，而是這區的貓，實在是沒有比這更混亂的局面了。在禮堂旁的草叢裡昂首闊步的鴨子，被昂首闊步的貓襲擊了。這是在一眨眼之間發生的事，而貓其實也是出於本能罷了，但仍有幾個孩子因此心靈受創。

學生們邊哭邊跑去找韓亞凜，韓亞凜又抱著鴨子，再跑向保健室。

「妳要我拿鴨子怎麼辦？」

保健老師安恩英也一樣不知所措，不過仍然成功替鴨子止了血，漢文老師則像F1選手般開車到醫院。最初的一、二間獸醫院拒絕收治鴨子，到了第三間，獸醫終於在安恩英的勸說下治療了鴨子。

「還以為這隻有鳳凰氣場的鴨子會沒事的，卻忘了還有老虎氣場的貓啊……」

正在等待手術結束的恩英自言自語著，韓亞凜則對這番話似懂非懂。幸好，鴨子的傷口沒有預期的深，住院三天後就回到了學校。鴨子和貓應該要學習如何尊重彼此的領域，所幸後來牠們就沒有再產生紛爭。

特別熱愛鴨子的幾個學生，甚至在畢業離開前，還送給韓亞凜國內現存的所有種類的鴨子玩偶，其中有些還重複了。韓亞凜看著滿桌的鴨子玩偶，覺得沒必要這麼誇張吧，但仍然從中挑了一個最小的，吊在校務手冊的線圈上。從此，她認命地以鴨子老師自居。

雖然韓亞凜後來在M高任教了許多年，但鴨子待得比她更久。鴨子的壽命將近三十年，期間只要別受重傷，還有可能更長壽。最後，那隻鴨子擔任學校的吉祥物長達三十四年之久。儘管牠和公鴨感情並不是特別好，仍然生下了幾隻小鴨，而那些小鴨又再生下小鴨，一代代延續下去。即使成了羽毛都掉光的老鴨，牠依然有著奇妙的魅力，不知從何時開始，孩子們開始稱牠為「鴨子將軍」。

文學編輯社、戲劇社和天文社甚至為了哪個社團能使用鴨子作為標誌，展開沒完沒了的爭論，最終，他們協議各自採用不同的設計。由於後來設立的社團也想用鴨子作為代表，現在校內一共有五種的鴨子標誌。

瓢蟲小姐

「啊，金瑞狄？是叫這個名字吧？」

來到保健室的這個學生沒有戴上名牌，但是恩英認得她。

「不是，是蕾狄，發音是『蕾』，不是『瑞』。」

「喔，是蕾狄啊。」

「是Radical one的簡稱。」

蕾狄邊說邊掀開頸後的衣角，讓恩英看清楚英文「Radical one」的紋身。恩英在學校活動上看過蕾狄的表演，就如同她的姓名般，風格相當激烈，讓恩英驚訝得留下深刻印象。連畢業的學生都算上的話，蕾狄是全校學生中唯一具有藝人身分的人，所以即使她經常缺課，依舊能享受各種特殊待遇。比如說，她雖然是女學生，卻能一年四季都穿制服褲。

「原來如此。妳身體不舒服嗎？」

「我沒有不舒服……」

這次，蕾狄的一雙眼睛毫無顧忌地上下打量著恩英。

恩英大概猜到蕾狄為什麼來保健室了。

「我媽媽能看得到鬼魂。」

呃，好不想回答。不想有任何反應。

「聽說老師也看得到？」

「誰說的？」

「就……很多人這麼說，所以啊，老師可以來我們家一趟嗎？」

「等等，妳有媽媽？」

恩英不自覺地問出口後，才意識到自己的失誤。不過蕾狄一臉不在意地回答：

「有啊。」

包括恩英在內的全國人民，都知道蕾狄的父親是誰。他是號稱韓國第一代視覺系龐克樂團裡的知名歌手——約書亞．張，他的本名「張學春」，成為很多人的笑料。以一位會黏上訂製假睫毛、穿著亮片褲的異國風龐克音樂家來說，這本名確實太有特色了。他憑著不拘小節的性格成為視覺系龐克歌手，所以上脫口秀或搞笑節目時，還能消遣自己的本名，和大家笑成一片。他的個子不高，卻給人心胸寬大的感覺。蕾狄在出道一陣子後才被發現她是約書亞．張的女兒，對於自己被領養的事實，她並沒有隱瞞，也不覺得尷尬，侃侃而談的態度反而傳為佳話。後來，兩人也會同行到各地演出。由於蕾狄比約書亞．張高了一個頭，而約書亞．張又擁有一張一點都不像年過四十五歲的童顏，不知道的人根本不會認為他們是父女。

事實上，約書亞．張在年輕時遭遇的悲劇事件，在他的成名之路上，扮演了重要的角色。當然他的確擁有音樂才華，但想要讓全國民眾都認識他，還要有比起音樂才華更特別的要素。發行第一張專輯時獲得不錯成績的約書亞．張，在第二張專輯即將問市前，遭遇相當嚴重的交通意外。約書亞．張雖然只受到輕傷，當時坐在他身旁的未婚妻卻不幸喪命，也因此第二張專輯推遲至隔年才上市，其中便收錄了關於那次意外的歌曲。《Ladybug Lady》這首歌，描述歌曲的主人翁將抱在懷裡的情人送上救護車後，她白色的上衣因沾染了鮮血和塵土，而形成瓢蟲般的圖案。如此悲淒的內容，卻搭配了違和的輕快節奏，構成一首具有衝突感的罕見歌曲。

《Ladybug Lady》成為了九〇年代的人氣金曲，在英國被改編成與原曲相似的歌，在芬蘭則變成 New Age 風格，到了日本又被翻唱成演歌。還有一位知名華裔美國設計師，展出以瓢蟲圖案創作的一系列前衛作品，他在受訪時表示自己是因為約書亞．張而獲得了靈感。這首歌也曾重編為鋼琴曲，以寧靜的背景旋律出現在描寫九〇年代愛情故事的電影中。有些創作者並不樂見自己的作品被改編，不過約書亞．張很開心那首歌引發了各種延伸、變化，並廣為流傳。他唯一拒絕過的對象，是想要將他的歌改編成競選歌曲的保守派總統候選人。在那位候選人當選後，約書亞．張有好一陣子不曾在電視上亮相。

這首歌在龐克類別的KTV熱唱歌曲榜上可排進前五名，大家平時明明不喜歡龐克樂，到了KTV卻又唱得很高興。這是一首源自真實故事、跨越了世紀依然受喜愛，但令人心痛的情歌。即使這首歌一直無法擺脫悲劇形象，不過因為有利於宣傳，約書亞．張便仍對外宣稱單身。

「不過那都多久以前的事了，約書亞．張後來當然又有遇見別人，一起生活下去了啊，我怎麼會沒想到？」

「又不是只有我們不知道，應該大家都不知道吧。」

洪老師淡定地回答。恩英疑惑自己怎麼會和這個男人成了分享彼此祕密的關係。

「妳去的時候順便請他在我的CD上簽名。」

仁杓若無其事地遞來了六張約書亞．張的專輯，其中有舊的，也有新的。

「你是歌迷嗎？」

「他的外表雖然讓人無法招架，但是歌也真的很好聽啊。」

恩英只拿了其中一張專輯放進包包，如果要求人家簽六張專輯，實在是太丟臉了。

恩英在醫院工作時，曾有位小兒科專科醫師這麼說：

「俞弘濬老師的《我的文化遺產踏查記》是我讀的第一本書，我原本是不太看書的……書裡面寫到文化遺產會跟人對話，我就覺得很驚訝，高塔怎麼會跟人講話、建築物又怎麼會對人說話呢？但上次我不是去華盛頓嗎？我在那裡有了類似的經驗。」

那位醫師完全不是文化遺產會想要和他說話的那種人，恩英可能是因此而不自覺地認真聽他說。

「我站在雄偉的建築物前，妳知道它對我說什麼嗎？猜猜看。」

當時大概是回了「我不知道耶」之類的。

「它說，看什麼看！」

說到這，他自己也忍不住笑出來。

「給我滾！」

這時候已經笑到停不下來。恩英雖然沒去過華盛頓，也不太了解會給人壓迫感的建築是什麼模樣，不過她似乎能理解那種感受。

而約書亞・張的大宅邸正給她這種感覺。不要害怕，進去吧。如果抓到在這豪宅裡的鬼魂，說不定蕾狄會幫我要到我喜歡的演技派偶像的簽名。

按了門鈴，對方沒說什麼就開了門。在玄關脫了鞋子進去，腳底下的大理石地面格外冰冷。恩英就這樣蜷著腳趾頭到處繞了繞，這裡果然像個龐克音樂人的家，看起來沒有準備客人用的拖鞋。

「這邊請。」

裡面有人在叫她，可是恩英無法輕易辨別出聲音是從哪來。公寓的空間即使再怎麼大，結構也是大同小異，但這處宅邸的大小角落都超越她的想像。恩英為了找到客廳所花的時間，已經多到藏不住她在這迷路的事實。坐在沙發上的女人目不轉睛地注視著恩英。由於說不出「您好，蕾狄媽媽」這種話，恩英遲疑了一陣後才坐下來，而且她不知道該把視線往哪擺，耳朵也變得有點熱，因為眼前的女人竟穿著浴袍。雖說她只是個抓鬼的保健老師，但畢竟是個學校老師，而學生家長竟然穿著浴袍坐在那，真是不尋常。怎麼會穿著浴袍？

女人頂多比恩英大幾歲而已。這時，恩英腦海裡閃過許多關於蕾狄身世的傳言，有人說其實她是「Lady」的女兒，也有一說是「Lady」和別的男人生了孩子，那男人卻罹患絕症，才將孩子託付給約書亞·張，還有謠傳蕾狄是以「Lady」的ＤＮＡ製造出的複製人，由代理孕母所生……這女人擁有一張化了妝應該會很漂亮的白淨臉龐，無論怎麼看都找不出她和蕾狄的相似之處，是一個和過往謠言毫無關聯的年輕女子。原來，蕾狄口中的媽媽是她啊。

「那個女人在這間房子裡晃來晃去。」

先開口的人是蕾狄媽媽。既然蕾狄說是媽媽，那就叫她媽媽吧，恩英如此下定決心。即使是平時以不懂察言觀色出名的恩英，也沒繼續問「那個女人？是說哪個女人呢？」這種廢話。她的意思是「Ladybug Lady」的那位「Lady」在這出沒吧。

「那我可以到處看一下嗎？」

說這句話的同時，恩英也對她投以意味深長的眼神，表面上是在詢問可不可以到處看看，實際上是想說，請將不該讓她看到的東西先清走。因為她在見到蕾狄媽媽前經過的幾個房間裡，傳出了微妙的草味。恩英認得這股氣味。以前拜訪旅居德國的阿姨家時，也順便在那自助旅行，就曾經聞過幾次這股味道——那是星期日下午坐在教堂前的年輕人抽的大麻菸味。或許是距離荷蘭邊境很近，因此容易取得大麻。曾有人勸她試試，但她說：「我可是要在醫界工作的人，所以不行。只要拔幾根頭髮就會驗出來！」拒絕了對方，雖然後來的確有些好奇。她突然想起來，約書亞・張在二〇〇〇年初期，曾因為大麻問題而暫時不能出現在螢光幕前。

「妳可以自己一個人走吧?這裡沒有大到會迷路的程度。」

蕾狄的媽媽似乎一點也不在意。要是我報警怎麼辦?恩英看見她斜躺在沙發上。這女人的浴袍裡究竟有沒有穿啊?恩英將越飄越遠的思緒拉回來,決定好好專注在交付給她的問題上。她緩緩地在屋裡繞著,雙腳一直發冷。

已經繞了兩次還是一無所獲。

沒有黏黏的東西,沒有液體流出來,沒有誰躲藏在暗處,也沒有人在覬覦,什麼都沒有。

恩英一度將喜歡穿哥德風服飾的約書亞.張樂團的貝斯手誤以為是鬼,因此下意識地緊握住包包裡的彩虹刀,後來才發現原來他只是個人形象相當強烈的樂手罷了。每推開一扇房門,都會有幾位這種令人困惑的人物,甚至也有幾名不太容易和龐克音樂聯想到一塊的雷鬼歌手。

「那些人總是在這裡嗎?」

後來她在學校問了蕾狄。

「他們就類似食客,爸爸像古時候士大夫一樣供養了好幾個人,街頭音樂家總不能真的睡在街上吧。爸爸說至少要借給他們一個屋頂,這是身為前輩應該做的事。」

哇，真是宅心仁厚的大宅門。恩英猜測這房屋打從一開始便考量到這層用途，才會選用了封閉式的結構。

蕾狄媽媽後來又打了兩次電話。現在安恩英已經能輕鬆出入這個家了。豪宅沒有對她說：「給我滾！」而是向她打招呼：「妳來啦！」只是進門雖容易，離開時卻不太輕鬆，因為每次的拜訪都沒有任何發現，無功而返。

「我真的看到她了。」

蕾狄媽媽的語氣聽不出想積極說服別人的意圖。她的頭髮還濕漉漉的，今天也只是換了件其他顏色的浴袍。恩英心想，那件蓬鬆的浴袍應該至少是八十支棉。

「她長什麼樣子呢？很可怕嗎？」

「她一直流血啊，之前說過了。」

「她會騷擾或傷害您嗎？」

「她會把手伸過來，一直想把血往這裡抹，往我的衣服上抹。除了這個之外沒別的，不過她的眼神讓人很不舒服。」

恩英心想，以一個二十多年來都還未灰飛煙滅的幽靈來說，她還真是淑女呢。

「妳對她生前的為人了解多少呢？」

這是個尖銳的問題，不過恩英迫切地需要這些資訊。

「我先生不常說這些……當時他們都非常年輕，交往的時間也不長，雖說是未婚妻，其實也只是朋友之間一時興起，有了口頭上的約定罷了，並不是真心計畫要結婚。那個年紀就是這樣，很衝動、很瘋狂，也很隨便。接著馬上又發生了車禍。」

蕾狄媽媽的臉色微微沉了下來。

「請問妳和蕾狄的父親結婚多久了呢？在婚後的生活裡她是持續出現，還是住在這的時候才出現的呢？」

「我們結婚已經六年了，一直都是住在這裡。是從四年前開始看到的。」

恩英隱約能理解蕾狄媽媽的心境。很久以前的短暫戀愛，被定位成偉大的愛情故事，而真正與約書亞．張保持穩定關係的伴侶，反而認為自己像是假的一樣。「說不定……」恩英從上次拜訪時，便再次思考了之前在腦中一閃而過的可能性。說不定這個家裡真的什麼都沒有，可能是單純的心理問題而已。因為那只是幻覺，所以恩英看不見。

可是這句話要是說出口，她恐怕會連浴袍都脫掉，躲進更深的角落裡。恩英曾經待過精神科病房，因此更加小心翼翼。

「我總覺得兩位當初認識的過程，應該很特別吧。」

安恩英向自己的臉部肌肉下了指令：盡量像個閨秀一樣微笑、像個閨秀一樣親切地笑！蕾狄媽媽沒發現恩英彆扭的笑容，大大方方地答道：

「我的好朋友是我先生的歌迷，所以我跟去粉絲見面會，結果他在現場就表演起來了。我站在最前面卻沒跟著唱歌，加上穿著高跟鞋，所以也沒跟著跳起來，但可能是因為這樣，讓他注意到我。其實我不知道大家會一直跳著，所以一開始還覺得朋友很煩。跟我約了見面，為什麼把我帶來這裡啊？唱了一陣子之後，我先生看著我，直接問：

『妳不是歌迷，那為什麼要來呢？』」

「他該不會握著麥克風那樣說吧？」

「是在歌迷幫他唱副歌的時候。」

這趣聞證實他真的如傳聞般是個直白的人。她說，後來約書亞．張透過經紀人詢問她的聯絡方式，而她那位身為歌迷的朋友，雖然因為和偶像多了一層關係而開心，但卻又不能理解為何是蕾狄媽媽而不是自己，最後兩人終究因無法克服這複雜的心結而漸行漸遠。

「他說因為我不是歌迷。他覺得我應該永遠都不會成為粉絲，所以喜歡我。」

「果然很特別呢。嗯，如果是粉絲的話，的確會不太自在。」

「因為如果是粉絲的話，就沒辦法冷靜地溝通了。」

「喔——原來蕾狄爸爸很重視溝通。那媽媽妳是喜歡上蕾狄爸爸的哪一點呢？」

「不知道耶，他本來就是個善良無害的人，不只是我，其他跟著他的人也都過得很好。一定要說一個的話……可能是因為我們的鞋子尺寸一樣？」

我為什麼會在這進行如此詭異的對話呢？還不如去抓個什麼東西算了。恩英很反常地陷入了挫折，畢竟假裝自己是個可愛的閨秀，去挖掘他人戀愛故事的行為，她實在很不想做。

毫無所獲的恩英正要回家時，回頭看見蕾狄媽媽站在窗邊，一時還以為自己眼花了——她的浴袍正面是敞開的，裡面果然什麼都沒穿啊……「幸好這附近沒有狗仔隊出沒。」恩英嘀咕著。她甚至猜想，蕾狄媽媽該不會正在等待狗仔隊吧。

「要不要來我們家住幾天呢？」

隔了很久才來上課的蕾狄向恩英這麼提議時，她不假思索地答應了，並打包了三天兩夜的行李。恩英自己也希望做個了結，她認為這次若還是沒有成果，無論用什麼方式都要結束這個任務。萬一恩英失敗了，必然會出現一些惡質的騙子企圖插手，拿著沒用的符咒，在他們家絲質的壁紙上貼得到處都是。更糟一點的話，類似麥肯錫那種傢伙就會帶來奇怪的種子，為了騙走荒謬的鉅額。蕾狄的家庭是那種花了三千萬元購買只值三千元的塑膠花盆，也不會眨眼一下的人。假如他們是發現受騙上當後還懂得憤怒的人，也許還不用那麼擔心。總歸一句，你們找來驅魔師之前，自己應該先去一趟醫院吧！身為一個醫療人員，看了心情也很沉痛。

「能去他們家玩已經夠令人羨慕了，竟然還要去過夜，真的好羨慕！」

為了給恩英「充電」而暫時見面的仁杓說道。他以平淡的表情，嘴裡說著羨慕，卻令人狐疑，那是哪門子羨慕的表情？我既不是去玩，也不是去睡覺，而是遇到讓人傷腦筋的狀況，到底在胡說什麼啊。恩英刻意抓緊仁杓的手指，使勁地榨取他的元氣。

蕾狄家不知道是為了恩英，亦或只是時機巧合，全家竟都聚在一起了。第一次親眼見到約書亞・張本人，他確實散發著藝人氣質。即使在家裡，他也穿著緊身褲，戴著角膜變色片和羽毛般的假睫毛，真了不起。恩英忍不住直盯著緊身褲的正面瞧，雖然並不想這麼做，但這就如同一般人總會不自覺往跳躍的芭蕾男舞者的那裡看，或是在動物園時，不斷望著獅子背面那晃來晃去的東西一樣。不過褲子看起來卻很平坦。這個人難不成是做了什麼神奇的去勢手術，才能如此永保青春？

「他穿了像是運動內衣一樣的內褲，裡面鋪了滿滿的海綿。不用擔心，該有的裡面都有啦。」

蕾狄媽媽針對蕾狄的視線做了如此說明。其實真的不用特地解釋……恩英和約書亞．張同時羞紅了臉。

「因為跑來跑去的時候會不太方便。」

約書亞．張又補充了不必要的說明。

「原來你在家裡和在舞台上的打扮都一樣啊。」

「說好聽是為了保持我的心態不變，但其實是因為才剛回來，所以還沒換洗。」

恩英將買來的切片蛋糕禮盒放在餐桌的角落。蕾狄透過縫隙瞧了蛋糕一眼後，露出開心的樣子。恩英感覺她和平常的樣子不同，看起來就像個普通的高中女生。

「老師，我們蕾狄在學校課業表現好嗎？和同學相處得好嗎？」

正在盛湯的一位阿姨問道。是之前沒看過的阿姨。恩英稍微苦惱了一下該如何回答才好，畢竟她不是導師，也不是任何科目的老師，只是個保健老師而已，難道沒人告訴她嗎？幸好阿姨似乎並沒有特別期待聽到答案，正當恩英支支吾吾時，她拿著最後一碗湯，坐到對面的位子上。

「女婿，快來，飯都要冷了。你瘦到乾巴巴的怎麼行。」

「我這幾十年來就是靠苗條的身材吃飯的，丈母娘。」

喔，原來是蕾狄媽媽娘家的母親，是他的丈母娘啊，這簡直是一片混亂。恩英甚至不知道自己是如何吃完這頓飯的，與他們的對話有一搭沒一搭，不僅是因為緊張，而是他們一家人都在發呆。你們對自己人發呆當然很自在啊。尷尬地撈著湯的恩英，偷瞄了約書亞．張一眼。恩英雖然很好奇他到底擦了什麼化妝品才沒有變老，但心想或許是天生麗質吧，所以沒問出口。最後，她已呈現放棄狀態，只想回到房間去。

恩英住的客房裝潢的風格很微妙。古董家具與非常現代的家具隨意地混在一塊，古董家具上還有幾處不明污漬，看起來很突兀，而現代風家具的邊邊角角則是太過銳利。如果從中選出比較令人介意的一者，會是沾上污漬的家具。那張看起來很昂貴的椅子上，該不會有某人和某人在上面打滾過吧？恩英將椅子挪得遠遠的，打算直奔床鋪。

枕邊掛著比家具還要更突兀的十字繡作品，上面以細緻的手工繡了以「朝鮮龐克史」為題的龐克樂團族譜，還有認識的人應該能輕易辨識出的戲謔肖像。

「這是我爸爸做的。」

正在幫恩英鋪上新床單的蕾狄說。

「爸爸其實比外表看起來更感性、更溫和，他對媽媽真的非常好。雖然在演唱會上一邊唱《Ladybug Lady》一邊流淚，但其實那都是眼藥水。對爸爸來說，媽媽才是唯一。」

「看得出來。」

真的可以看出來，恩英看得出來。因為兩人製造出的愉悅氛圍，她能親眼看見。以顏色來說的話，是接近燕麥色的米白色，儘管不是絢麗的色彩，但那是恩英嚮往的顏色。她想成為一個適合米白色的女人，或者應該說，她想找到自己的另一半。

「妳怎麼認識他的？妳和爸爸。」

全國人民都知道她被領養，所以問了也沒關係吧。

「我是在宗教團體經營的孤兒院長大的。」

「喔——爸爸媽媽有信仰的宗教嗎？」

「沒有，完全沒有。但是爸爸很喜歡那些在宗教團體裡學樂器的人，他們從小就開始學樂器，所以基礎很扎實。」

「原來他是很實際的人。」

「他去捐出已沒在使用的吉他，結果遇見了我，問我要不要和他回去一起生活。剛開始還以為他是個奇怪的人，但他說那就是他的風格。按他的個性，哪會一步步照程序進行領養啊。」

蕾狄坐在自己鋪好的床單上，沒有打算離開的跡象。

妳走了我才能稍微睡一下，晚上才能到處察看啊。恩英向她投以催促的眼神。

「我希望能和媽媽一起出門。」

蕾狄的聲音格外地低沉。恩英想起她一邊背著貝斯彈奏，一邊唱歌的樣子。而現在的聲音比唱歌時還要更沉，當她的態度越真誠，聲調似乎會變得越低。

「我希望媽媽能穿上除了浴袍以外的其他衣服，我希望她可以來看我的表演。」

原來是要向我施壓啊。恩英深吸了一口氣。

「我也希望這次能幫上忙。」

蕾狄這才起身回房。恩英設了鬧鐘，稍微躺了一下。床頭後方的燈正亮著，她卻找不出關燈的方法，只好將手臂擱在臉上，小睡片刻。

恩英在凌晨起床四處察看，因為很多房間裡都擺了銳利的鐵製家具，她的膝蓋已經撞了好幾次。竟然買了這麼多有稜有角的家具，品味還真刁鑽。恩英在所有人都入睡的屋子裡打轉，有好幾次因為撞到東西而差點飆髒話。這下一定會瘀青。

她的確發現一些以詭異的姿態攤在地上的東西，可是每回確認，結果卻都是人類。他們在怪異的地方，穿著怪異的衣服，擺出怪異的姿勢，雖然看起來不像人類，但全都是人類。恩英心想，怎麼能夠睡成那樣啊，太誇張了，甚至擔心他們該不會死了，所以還特別確認了一下，幸好還活著。有時，腳還會碰倒空酒瓶，酒瓶一邊滾動，一邊發出悶響。

「看到了嗎？」

吃早餐時蕾狄纏著她問。

「嗯。」

恩英皺著眉頭回答。這是她久違的謊話。

「她說了什麼？」

「我沒有親眼看見，只是發現了痕跡。」

「痕跡？」

「就像蝸牛走過留下的痕跡那樣。」

「原來不是親眼看到喔。」

「有的鬼魂比較怕生。」

儘管蕾狄聽了不甚滿意，最後還是搭車上學了。蕾狄的出席日數僅勉強達標，在恩英入住家中的兩天，也等於是她該到校的日子。

「喔！蕾狄，妳為什麼跟保健老師一起來？」

以遇到好奇的事會直接發問這點來說，這些孩子的心態還算健康。恩英正苦惱該如何回答時，蕾狄卻平淡地表示：

「她是我最小的阿姨，你不知道嗎？」

哇——真是厚臉皮。果然，臉皮需要厚一點才能成為藝人，才能當歌手啊，恩英心想。我算姨母輩嗎？恩英正在安慰自己幸好是最小的阿姨時，看見洪老師在通往保健室的門廊上。他可能是想了解昨晚發生的事才過來的吧，恩英卻覺得很心煩，所以往餐廳的方向走去。

從現在起，在三分鐘內，洪仁杓會從那道門走進來……

在陌生的地方睡了一覺而感到疲倦又恍惚的恩英，直盯著保健室的門看。

「妳剛才看到我就直接走掉了，對吧？」

還剩下一分三十六秒時，那扇門打開了。就知道他沒課的時候會來串門子。洪仁杓這個生物，比大家所認知的還要更容易預測，可是他本人似乎不知道這個事實，因此恩英總喜歡逗他一下。

「昨天看到什麼了嗎？」

「洪老師，你應該不太喜歡聽八卦吧，為什麼這麼好奇呢？」

「那才不是八卦，應該說是經典的愛情故事吧。就像崔致遠[12]在墳墓旁遇見兩位處女鬼那樣的故事啊。」

「他是誰？」

仁杓露出失望的神情，恩英卻對此視而不見。

「什麼也沒看見，果然那個屋子裡什麼都沒有，什麼也沒出現。」

「會不會是它們討厭你啊？鬼魂也有可能只在它們喜歡的人面前才會現身啊。」

這男人是利用他寶貴的空堂時間，特地來這裡挖苦我的嗎？恩英聽了氣呼呼地。

「當然那也是有可能的，不過我覺得他們家的氣氛非常健康、正面。」

「……約書亞．張的家嗎？」

「對啊，健全又溫暖。」

仁杓完全無法相信她的話，但也沒繼續問下去，然後將恩英捨不得喝的茶包，噗通一聲丟到她很珍惜的馬克杯裡。你走之前敢不洗杯子的話就給我試試看！恩英狠狠地瞪著仁杓的後腦杓。

「怎麼想都覺得應該是心理方面的問題。」

「蕾狄的媽媽嗎？」

「對啊，你想想看，沒能步入禮堂的未婚妻像是元配，而真正和丈夫結了婚的自己，卻過著像是情婦般的生活，這不是愛情故事，而是詛咒吧。」

「這也是有可能。」

「但現在不是我能不能這麼說的問題，而是她堅信自己看到了 Lady，所以不會相信我說的話。」

「那要怎麼辦？」

「所以啊……」

恩英從抽屜取出韓紙[13]與墨筆，因為知道仁杓會來，所以先向美術老師借來這些。米白色的韓紙橫幅窄、直幅長，尺寸令人聯想到某種物品。

「妳該不會要用這個畫符吧？」

這女人難道是要捉殭屍嗎？明明之前每次講到符咒就火大，現在卻這樣，真令人無言。仁杓拿起了那張紙。

「難不成你以為古代巫師真的都有神力嗎？鬼魂八成也都不是真的鬼魂。我覺得只要在她面前做出象徵性的動作，蕾狄媽媽說不定會稍微好轉。」

「欸？那根本就是作秀不是嗎？」

「只要對她有用，即使是作秀也無所謂。」

「哇，這樣下手會不會太重？」

安恩英將墨筆也遞到仁杓手裡，讓他牢牢握住。

「為什麼要給我？」

當然是因為我不會寫符咒那種東西啊，安恩英向他下了明確的訂單指示。

「選一首和離別有關的漢詩，然後盡可能寫得像符一樣。」

接著，洪仁杓就被趕出了保健室，他回到座位後開始翻找唐詩集。在唐詩與宋詩之間，他更偏好唐詩。最後，他選擇了陳子昂的詩〈登幽州臺歌〉。

前不見古人
後不見來者
念天地之悠悠
獨愴然而涕下

陳子昂大概是為了抒發他在政治上所遭遇的絕望而寫下這首詩，但夾在死去的Lady與內心空蕩蕩的蕾狄媽媽之間，無法維持正常生活的約書亞．張的心境，不也是如此嗎？我怎麼這麼會選詩啊？漢文老師不禁得意了起來。他甚至豪邁地拿出校長書法用印章，輕輕地在紙上落款，接著以手指慢慢塗抹，乍看還真像符咒。如果不是普通的韓紙，而是用黃色的符紙會更好，真可惜。仁杓將做好的符放進透明資料夾內，然後踏著輕快的腳步前往保健室。

「這首詩是武則天時代的陳子昂去討伐契丹的時候……」

當他正要傳授豐富的學術知識時，恩英卻沒教養地中斷了他的演說，拿了符咒就趕他走。

一天內兩次被從保健室趕出來的仁杓，站在走廊上想，我果然是被利用了。

第二天晚上，恩英並不很認真地找，她晃來晃去，晃進了蕾狄媽媽的更衣室，裡面滿是華麗的服飾。擁有這麼多衣服，每天卻只穿浴袍，真是浪費。恩英不得不感到可惜，她甚至還看見幾件衣服上仍貼著標籤。這些質感不錯的衣服，要是能穿在那個女人身上就好了……雖然風格對恩英來說過於前衛，這間更衣室還是很值得參觀。而且房間裡還有乾淨柔軟的沙發，她便坐著休息了一會。空氣裡同時飄著新衣與舊衣的味道。

要等到早上嗎？

不行，應該要盡可能再誇張一點才好。凌晨三點時，恩英叫醒了約書亞．張夫婦與蕾狄。

「這個屋子裡還留著那個女人的物品。」

為了表現出嚴肅的樣子，恩英壓低嗓門向他們宣告。甫從睡夢中醒來的一家人，正茫然地望著她。

「美順的物品？怎麼可能。那都多少年前了，已經搬過好幾次家了。」

雙手揉了揉眼角的約書亞．張反問。Lady 的名字是美順嗎？叫學春和美順啊……完全無法和張學春這個名字聯想在一塊的約書亞．張，即使頂著一頭亂髮和皺巴巴的睡衣，看起來依然年輕。

「她說有，我只聽到那是必需品，其他的就沒聽清楚了。」

不能現在就退縮！總會有一樣東西吧？

「我找找看。」

蕾狄媽媽如同恩英般毅然決然地回答，而蕾狄也乖乖跟上去，約書亞．張將睡衣紮進褲子裡，然後開始翻出各個房間的抽屜。他將上衣紮進褲裡的模樣，倒是有點像上了年紀的大叔。恩英則是要找不找的，反正她看了也認不出來，盡可能站在他們後面比較好。

「喔……這裡！」

「還真的有啊。」站著發愣的約書亞．張說道。他手裡有個小小的眼鏡盒，而其他人也趕緊靠向他。打開蓋子，發現裡面裝著一副如假包換的一九九〇年代半框眼鏡，有著厚厚的鏡片。

「美順，原來妳的眼睛不太好啊。」

蕾狄媽媽本想伸手觸摸，卻臨陣縮了回來。

「是眼鏡嗎？」

約書亞．張嚴肅地問。

「也對，她是戴著隱形眼鏡過世的，那時候沒想到要幫她拿掉，應該很不舒服吧……」

通常不會想到去幫往生者取出隱形眼鏡吧，恩英心想。她算是僥倖過關了。

「她為什麼要對我說這個呢？我又不知道。」

蕾狄媽媽向恩英問道。

「因為它們會對比較敏感的人說話，可能是妳比其他家人更敏銳吧。」

約書亞．張與蕾狄聽了都點點頭，認同自己確實比較遲鈍。「來，」恩英吸引他們的注意，並取出符咒，蕾狄迅速地找來了打火機。

「燒掉它，然後踩眼鏡。」

「要踩它？」

恩英再次堅定地請他們踩眼鏡。符燃盡的時間很短，眼鏡也被一腳踩毀。

一切都結束了。恩英早上吃到了法式吐司。

「竟然說他們是最糟衣著的家庭，太過分了……」

時尚雜誌還真是殘忍，恩英心疼地嘆息。仁杓趕緊湊過來看，然後深吸了一口氣。

「哇，就是啊，他們為什麼都要穿得這麼搶眼？」

雜誌上刊登了約書亞・張一家人的照片，三人外出時，的確是打扮得隨心所欲地。至少也該考量一下色調，或是彼此風格的搭配啊，一個是孔雀色，一個穿背心，另一個穿得像遊樂園的氣球一樣，實在很難替他們辯駁。距離那件事已經過兩個月了。蕾狄媽媽能穿著浴袍以外的衣服出門這點雖令人開心，卻被說是最糟衣著，什麼最糟衣著？照片上的一角還印上了倒讚的圖案。她終於擺脫陰影，成為正式的夫人，但輿論反應卻是非常惡劣。大家彷彿將 Lady 過世時不過是小學生的蕾狄媽媽，看成是暗殺 Lady 的人一樣，對她惡意中傷。

但無論如何，蕾狄看起來很開心。她久違之後又出現在學校，並來到保健室。

「等輿論好轉一點，媽媽和爸爸會不會一起參加節目呢？人很快就會改變心意，所以沒關係啦。啊，老師是看了那本雜誌吧。雖然被選為最糟穿著，但我們，嘻嘻，其實覺得無所謂。時尚本來在超過某個境界後，就不再是一般討論的美不美的問題，而是靈魂層次的問題了。」

「靈魂，靈魂啊……」恩英在內心默念著，這時蕾狄立刻遞給她一個禮盒，裡面裝著非常高級的浴袍，以及恩英欣賞的演技派偶像的簽名。她的心情高興得像是有幾條微血管砰地炸開一樣。

「我要把這個裱框起來，謝謝！」

恩英後來經常收到約書亞・張、蕾狄，或是兩人共同表演的邀請。她總是收到兩張門票，因此通常都和仁杓一起參加。在一片熱血粉絲中，兩人向來穿著樸素的衣服，靜靜地站著，不過他們都很享受表演。

「說起來，我其實也沒幫他們做什麼。騙了他們，還一直拿到演唱會門票……」

「你很吵。」

仁杓在這種情況下說出的話依然很討人厭。

蕾狄為媽媽寫了一首歌，歌名是《浴袍女神》，內容是關於在某個空閒的午後，有個人坐在沙發上，與穿著浴袍的女人，一起凝視著詭異的世界。這首奇妙的歌，第一段描述無法吃紅蘿蔔，卻經營紅蘿蔔農園的男人，他一旦被蟲螫到就會死，但後來竟愛上從事養蜂業的女人的故事。第二段的主人翁則是受訓的太空人，與他名叫「餅乾」的寵物，到了副歌部分出現了下顎很大的深海魚，以及能飛得最高的飛蟲。「這是嗑藥後寫的歌吧。」是對這首曲子的普遍評價，不過恩英知道，蕾狄其實是悄悄地傾訴著自己的故事。

老實說，這並不是恩英會喜歡的歌，因為實在太奇怪了，但有時在下著雨的午後，她只要穿上浴袍，便會自然而然地哼起這首歌。浴袍真是一旦穿上，就很難再脫掉的衣服啊。

註解——

12 崔致遠（八五七年～十世紀）：統一新羅時期文學家，相傳他在唐朝擔任溧水縣尉期間，曾與埋葬在雙女墳的兩位仙女有段奇緣。

13 韓紙：使用樹皮纖維製作的傳統紙。

路燈下的金江善

——安恩英。

家門前的路燈底下，有人連名帶姓地叫住她，恩英想起來，會如此叫自己的只有那少數幾個人。縱使聲音很陌生，但疑心的對象太少，所以她立即認出了國中同學金江善。他的身高多了大約三十公分，雖然穿著西裝，但仍看得出以前那張臉。他在少年時期的表情原本就不像個少年，或許正因如此，她才比較容易認出來。

恩英很開心見到他，正準備打招呼時，卻意識到這位外表正常的國中同學，並沒有影子。

——妳幹嘛招呼打到一半？

發生了什麼事？還這麼年輕啊，為什麼？好多話已經到了嘴邊。然而恩英並非第一次經歷這種狀況，所以她只是平靜地邀請他：

「要來我家坐一下嗎？」

要是江善還活著，應該能聽見他蹦蹦跳跳跟著恩英走回家的腳步聲。最後一次見面，不知道是十六年前，還是十七年前了，能克服這段足以令彼此疏遠的空白期而找上門的，就是往生者神奇的知覺。

兩人以前就讀同一班，他們都各自度過一段困難的時期。當時的恩英比現在更不成熟，沒有人會主動和她說話，因為她有時會做出令人錯愕的回應，或是突然臉色發青地拍拍同學的背。光是這些行為，就已經讓她難以獲得同學的正面評價。每次恩英回想起那個年紀，最先感受到的就是遺憾。她心想，如果當時能更成熟一些，所有的事說不定會好轉。那是一段沒有人願意和她一起吃飯的日子。

江善也是獨自一人吃飯的孩子。不過這不是他的錯，而是因為比他大兩屆的姐姐的緣故。他久病的父親健康狀況不樂觀，母親也已經去世。大姐晚上在東大門打工賺錢，但二姐不知是因為年紀小，或是本性的關係，選擇當搶錢的人，而不是賺錢的人。她的個頭僅超過一百五十公分多一些，卻十分凶悍；髮型雖綁得像隻兔子，卻是圈子裡的大姐頭。那類團體罕見地擁有類似近代王朝的權力結構，也就是和最強大的男孩交往的女孩，會成為她們當中的領導者。儘管她們的排名經歷好幾次激烈的更迭，江善的姐姐守住寶座的時間仍比其他人都來得久。

國中生原本就比高中生更不顧後果，更會輕易訴諸暴力，所以學生都很畏懼江善的姐姐與她的同夥，而對於江善則是避諱多於討厭。江善並不屬於某個特定幫派，但有時候會和他們玩在一起。他會和學長姐，也會與同屆的人來往。他並非任何群體的成員，卻也不是外人。這種曖昧不明的態度，在一般來說是無法被接納的，但是因為姐姐的關係，他成了例外。

在學校時，江善向來都不聽課，只是一直畫漫畫。但他的手藝不凡，時下流行的動漫主角，他都能描繪地一模一樣，無論八頭身比例或三頭身比例。

恩英偶爾想起江善時，也很好奇，他後來有沒有成為漫畫家呢？

原本還想問他要喝點什麼，幸好她適時吞回了這句話。恩英也慶幸上個週末已經打掃過了。無論在他生前或是死後，兩人之間都不是能輕鬆邀請對方進家門的關係。

——原來妳一個人住啊。

江善說道。不過這句話隱約帶有什麼批判的意味，讓恩英有點受傷。即使至今都是自己一個人生活，但我也活得很好啊！才不想聽到一個已經過世的人來評論我。

——怎麼沒和那個男人一起住？

喔？他知道漢文老師。這些死人的消息也太靈通了吧。

「你明知道我們不是那種關係。你呢？你沒跟誰在一起嗎？」

她故意邊笑邊問，聽見江善說沒有後，她才放心。在這個年紀，要是留下某個人就死去的話不太好。雖然這個問題，其實也沒有牽涉到所謂好或不好的年紀。

——已經過一個禮拜了，我都還沒消失。

即使他不說，恩英也看得出來。從他的頭髮、衣服到皮鞋，依然是尚未裂解的狀態。她的視線一往皮鞋去，江善便搞笑地假裝要脫鞋，讓恩英笑了出來。他仍像個活人一樣，所有細節都栩栩如生，看來他距離變得像果凍、變得透明，或是灰飛煙滅的階段，還很遠。

——其他人都一下子就消失了，我就沒辦法。

「因為你還年輕啦。」

說完這句，卻覺得有點好笑。原本應該是「因為你還年輕，還有很多事沒做」的意思，聽起來卻像是「因為你還年輕，血氣方剛才會這樣」的口氣。江善也微笑了。

——所以我就想起妳了，反正還需要一點時間，我想說等待的時候可以和妳聊聊。

恩英將平板電腦擺在江善面前，幫他開啟畫畫的軟體。江善的手指在畫面上滑動，雖然畫得不比活著的人清晰，但能稍微勾勒出線條，他就很高興了。觸控功能即使對待往生者也是公平的。

——竟然能用這個，原來我有靜電。

「等你畫夠了再離開吧。」

兩人成為同桌，可以說是出於他們的意願，也可以說不是。每兩週要換座位時，假如抽到不滿意的位置，同學會向比自己弱勢、社會地位較低，或在任何條件上不如自己的孩子，要求交換座位。當時抽到江善的鄰桌的女孩問：「妳要和我換嗎？」她的語氣親切，而恩英其實只要有人願意和她說話就很高興了，所以她也欣然同意。江善的氣質看起來並不壞，因此她沒有遲疑，他總是板著臉坐在那，不過頭和肩膀周圍，卻有小小的卡通人物在蹦蹦跳跳。明明不是特別需要迴避的孩子，可是大家都躲著他。

自此之後，每次抽同桌時，兩人都被暗地排除在外，所以他們便繼續坐在一起。一開始，兩人都是其他人迴避的對象，午飯時間即使只是各自坐在位子上吃飯，但卻不像是獨自一人用餐，所以感覺還不錯。當然，也無可避免地傳出一些八卦，但兩人本來就被歸在討人厭的那類，因此傳言也僅止於「兩個討厭鬼繼續坐在一起」的程度。他們坐在第一、二排最後方的位置，那個座位夏熱、冬冷，陽光太強烈，冷氣又往頸後直吹，而且看不清黑板。於是兩人總是一個在塗鴉，一個在看別人頭上冒出的色色雲朵。

先開口說話的人是恩英，她下意識地對江善搭了話。江善當時正在畫《秀逗魔導士》的傑路剛帝士（Zelgadis），恩英特別喜歡那個角色。

「是傑路剛帝士耶，這個可以送給我嗎？」

不明白她最喜歡的怎麼會是那種頭是鐵打的、身軀是石頭做的，而且沉默寡言的人物？江善雖然不露聲色，但有人向他討畫似乎也讓他很開心，於是還塗上顏色，再送給恩英。他果然不是個壞孩子。

應該還放在某個地方啊……恩英把江善當時畫給她的傑路剛帝士護貝後，掛在她的鉛筆盒上隨身帶著。看到那張畫的動漫社學生，還因此問她去過動漫展了沒，她回答沒有，並解釋這是江善畫的，所有人都很驚訝。動漫社的人你一句我一句地紛紛靠過來，不知不覺，江善與恩英已經成了這群人的一份子了。江善很擅長畫畫，恩英則是個通靈少女，動漫社因此接納了他們。在學校裡，這些人是最不介意他們兩人的群體。想想也對，他們沉浸在充滿各種驚奇故事的世界裡，所以不會輕易陷入偏見。

直到現在，恩英在學校遇見動漫社的學生，都還會想對他們說：「你們真的是很好的孩子。」她曾希望自己在畢業後也能繼續喜歡漫畫，卻往往因為工作纏身而無法持續，這點令她相當惋惜。

江善不僅會來到她家門前，也頻繁出現在校園裡，正確來說，他是跟著恩英來的。而且，沒有比保健室更適合幽靈消磨時間的場所了。他會站在學生們的腳邊，幫忙鑑定哪個小孩是真病，哪個小孩是裝病。偶爾還會到處參觀教室，或跨坐在講台、辦公室書桌上，也會站在籃球架上，故意讓球飛歪。他大概太久沒來學校了吧。恩英對這些無傷大雅的搗蛋，都睜一隻眼閉一隻眼。

有幾次在追捕潛入學校的惡靈時，他也在旁邊看熱鬧，如果被恩英砍斷的部位一滾向江善，他就嚇得往後退，彷彿碰到那團東西，連自己也會成為惡靈，因此躲得老遠。恩英開始害怕會不會哪天必須親手消滅江善，甚至擔心到在腦海中模擬了各種可能的情況。每當江善忽然現身，她就越來越不安。

最尷尬的是她和仁杓在一起的時候。江善會在仁杓車子的後座整個躺平，或是坐在戲院座位的把手、階梯上，吃飯時也要參一腳，令恩英神經緊張。她與仁杓牽著手充電時，他也會在一旁咯咯笑著說：「用嘴唇、用嘴唇！」所以充電一達到百分之八十後，她就會放開手。不過，最累人的還是當他們兩人同時說話的時候。

——妳的品味真的很差耶，光看面向就知道他刻薄又固執了。沒有那種氣場很強，但不會太固執的傢伙嗎？妳的人生已經夠累了，非要選這種人嗎……

「妳有在聽我說話嗎？別人在說話的時候要專心一點啊！妳都沒在看這邊，我現在正在說很重要的事情耶。」

「啊啊啊，你們兩個都給我閉嘴！」她不只一次差點脫口說出這句話。

她依然記得那一天。恩英的臉受傷了，起因於她面前有個小小的果凍蹦了出來，但她不知道它的溫度很高，一時不留意就燙傷了。她的臉彷彿是被滾燙的手指戳了一下。儘管不是嚴重燙傷，不過傷口持續隱隱作痛到了無法忽視的程度，於是恩英整天都不自覺地板著一張臉。那是學校附近發生一場嚴重火災後的事。起火的建築物是一群職業女性的住處，卻因為業主將玄關、窗戶都從外面鎖住，導致十六人喪生。這種遭到不測而慘死的痕跡，久久不會消失。年輕的恩英，開始逐漸明白她往後的人生，必須隨時面對一個極其暴力的世界，而且有時候無法避免受傷。這對國中生來說，並不是很容易接納的領悟。她因為身體無力、心慌意亂，所以放學後去動漫社為活動做準備時，也難以集中精神。不會畫畫的恩英，原本就只是做些畫背景線、塗黑、剪貼網點等輔助工作，不過那天連這點小事，她都力不從心。她拿著光滑厚實的漫畫用紙隨手撫摸時，已經瞄了恩英好幾次的江善，突然沒頭沒腦地說：

「妳這個人喔，就是角色性格的問題。」

「什麼？」

「我在說妳選錯類型了啦。妳不應該選黑暗的恐怖漫畫，要選勇往直前的熱血少年漫畫啊！而且這樣才不會讓其他同學討厭妳，也不會受傷。」

「這又不是漫畫。」

「沒什麼差別啦，所以啊，我就把妳畫出來了。」

江善遞給恩英一張草圖，上面畫著穿校服的恩英，大約是五頭身的比例，裙子有一點短。她看了以後，真不知道該為了五頭身的比例不高興，還是為了裙子被任意改短而不開心。畫中的恩英一手握著彩色玩具刀，另一手則舉著槍。她都還來不及說什麼，江善就真的從掛在椅子上的大包包取出一把玩具刀和ＢＢ槍，從老舊、破損的樣子看來，這一定是從他小時候就開始把玩的物品。

「妳要懂得用道具啊，傻子！」

「啊。」

「別讓自己受傷，要輕鬆地走下去！」

「哈。」

「看是要搞笑、性感，還是活潑？不過性感對妳來說是比較勉強啦。」

他邊說邊瞄向她扁扁的胸部（後來確實也沒怎麼發育，所以江善的預言也沒錯），於是恩英才打起精神，對他丟了橡皮擦。

似乎有辦法改變我的性格了。好像可以轉換類型了。在橡皮擦命中他的那瞬間，恩英有了這樣的預感。

所以現在的恩英，等於是江善打造出來的。

「刀後來斷掉了，現在已經換到第六把，槍也是第三支了。」

但是她還沒丟掉江善給的第一副刀槍，斷裂的碎塊還保存在箱子裡，儘管恩英沒說出來，江善卻精準地看向那個箱子所在的書櫃。這些能看透一切的死人，還真是有點討人厭。

江善常會消失一段時間，快的話只要幾小時，慢的話大約幾天後會回來。不過，恩英並沒有把握，如果他消失後，還會不會再回來。每當江善又不見時，雖然會好奇他去了哪裡，但說也奇怪，她很難問出口。他也一句話都不說，就這樣來來去去，再次現身時，又像什麼事都沒發生一般，直接開電視看。江善剛開始有幾次操作失誤，但後來很快地掌握了開電視的方法，然後一邊看著生前常看的節目，一邊開心地笑。他也會呆呆地低頭，看著突然從腹部湧出的血，每當此時，恩英都會盡量裝作沒看見。血流出來後很快又消失，不會弄髒恩英的沙發，因為那並非真正的血，只是流血的記憶罷了。江善依然是江善，而恩英則是繼續假裝不知道。她以為自己已經改變很多，沒想到還是這死個性，連自己都覺得很沒用。她想成為能夠鎮定地問他：「為什麼會死？」、「發生了什麼事？」這種有話直說、堅強勇敢的少年漫畫主角，但終究還是失敗了。他難道追隨二姐，進入不好的圈子了嗎？所以肚子才被捅一刀嗎？

——我好像有過預感。不是有那種總共四、五十集的連續劇嗎？我有時候會想，不知道在死前能不能看到結局。

「這種念頭大家都至少有過一次啦。」

——可能我在墳墓裡也好奇結局是什麼吧。啊，但我是火葬的，所以沒有墳墓這種東西，不過這樣說比較容易懂。

他有繼續畫畫嗎？以前那麼喜歡畫畫，後來還有機會嗎？恩英將這些話牢牢藏在心底，不讓心中的疑問從嘴巴溜出去。那段日子，有位總是面露倦容的中年美術老師，他雖然表情不大豐富，卻在某些方面頗細心，每逢準備升學時，他都會發給學生各種宣傳資料，他也發給江善與漫畫相關的高中簡章。但是那間學校競爭激烈，所在的地區又遙遠，加上學費與其他費用的緣故，以江善當時的家境，根本無法列入考慮。後來，即便江善已幾乎確定要到鄰近的職業學校就讀，他還是沒丟掉那份簡章，一直隨身放在書包裡。知道了這件事的恩英，既想把簡章再次放回他的手裡，又想搶走簡章拿去丟掉。對於江善，她總有著難以釐清的情感。

在沒來得及釐清之前，他們就畢業了。儘管曾經傳過幾次簡訊，彼此尷尬地問候了一下，最後仍舊沒機會再見到面。

用「最後」這個詞的原因是，死後的相遇不算在內。

——是起重機意外。起重機倒下來，我整個被壓住了。雖然這樣講好像很蠢，不過我一直以為，假如有天遇到這種狀況，我一定可以躲得掉。躲屁咧，躲。

他說這句話當下的表情很平靜，也沒往我這邊看。恩英忽然開始回想之前有多常看到新聞報導起重機的意外。那麼大、那麼笨重的機械，怎麼會頻繁發生失去重心，又斷裂、彎曲、掉落或傾倒的事故？真是無論怎麼想都很難接受的奇怪現象。

——因為很貴啊，機具比人貴。已經老舊的起重機還是繼續用，雖然會安排檢查，但都是無條件合格啦。

每次聽到其他東西「比人命更有價值」這種話時，總覺得人生真是一文不值。

——因為要進行高空作業，起重機正要升到最高的時候倒下來了，就在一瞬間。當下把我拖出來的幾個同事，在冷冷的地板上坐了好久，還替我領到了賠償金。兩個姐姐原本已經放棄，打算直接辦喪禮就好，所以我很感謝他們。在入殮的時候，大姐一直堅持不要幫我穿麻布的壽衣，要給我穿上西裝，哭著說她都沒幫我訂做過西裝，但我什麼時候說過需要西裝了啊。

江善殉職的那棟樓，是最近很受歡迎的住商混合地標建築，恩英每次從前面經過時，也不禁讚嘆它驚人的規模與前衛設計。

「我還想過要住在那裡，雖然好像聽說過發生了意外，但看起來很不錯。對不起，我還說過哪天中了彩券想住進裡面……要是知道你死在那裡，就不會這樣想了。」

恩英說出口了，那些即使不說也早已被發現的內心話。

——為什麼？何必呢。那是我認真蓋的房子啊，比起其他人，我寧願是妳來住。以後我看到首爾的地標，都會想起你吧。恩英覺得其實這樣也不錯。

——我有說過妳哪裡漂亮嗎？

「你連一句類似的話都沒講過。」

——妳額頭的邊緣。

他一邊說，手指一邊沿著恩英額頭邊緣滑過。恩英發現已經看不見他指尖的指紋和指甲了，衣服沒有皺摺，耳朵的輪廓也模糊了，許多細節正在消失中。

——妳額頭的細毛像雲一樣。看起來不像頭髮，而像柔柔的霧。那種好像經過模糊處理的部分，我覺得很漂亮。

「你不說我的眼睛、鼻子、嘴巴，竟然說細毛，在說什麼東西啊？我又不是一幅畫，是個活生生的人，還什麼模糊處理咧！真失禮。」

——妳不能離開那間學校嗎？

江善這麼一說，恩英的心噗通沉了下去。但事實上不像是快速地「噗通」，而是比較接近「噗——通」或是「噗嗚——通」的聲音，也可說是整個心在緩慢下沉的感覺。她明白，假如不希望自己累倒、昏倒的話，必須不斷轉職和搬家才行。某些時候，她覺得那種日子似乎仍遙遠，偶爾卻又感覺它近在咫尺，而有時也以為自己已渡過最憂鬱的日子了。這間古老的學校，彷彿是建在通往地獄的道路上，情況越來越險峻，常令她精疲力盡。如果江善都認為應該要離開，那她就真的必須離開了。然而，萬一現在放下了一切，過幾十年後，仁杓或許會像江善一樣，為了說完過去未說出口的話來找她。更糟的狀況是，假如恩英先死了，即使她去找仁杓，仁杓也看不見她。

「目前我應該要繼續待在那。」

——但一定會再發生不好的事。

「不好的事隨時都在發生啊。」

也發生在你身上了啊，恩英盡可能冷靜地面對江善那副對她感到惋惜的臉。他覺得無可奈何，而歪頭苦笑的表情，依舊和小時候沒兩樣。

——妳要堅強喔，無論發生什麼事。

「嗯。」

——姐姐過一陣子會開一間小店，可以幫我去看她們嗎？

「有什麼話需要我幫忙轉達嗎？」

——妳只要去看看就好了。

「知道了，我會常去。」

——妳都不知道是什麼店就說好？二姐變成內衣設計師了，款式非常性感喔，妳是要多常去？

這次，恩英忍不住笑了。每次和江善對話，恩英就成了傻瓜似的。要她變得多傻都可以，只希望他可以不要離開就好。

江善坐上恩英家窄窄的窗邊，暫時以雙手掩面，已經看不見關節的手指，伸得筆直。

——我覺得我好像快要消失了。

「再待一下吧。」恩英雖然想這麼對他說，但又試著堅強一些。她很想保持微笑，卻不太成功。江善的背倚著紗窗，然後慢慢化成細小的粒子，從紗窗的孔隙飛散出去。這一切在眨眼間結束了。

那些閃耀的粉末，朝著江善第一次現身的路燈飄去。恩英雖然想拿盒子撿拾，最終仍沒有那麼做。

已經很久沒哭的她，哭了出來。

轉學生到來

轉學生其實已經來了一陣子。她的臉如月亮般圓，唇色又紅潤，是很適合穿韓服的古典美人相。不僅是韓服，她那圓圓的臉蛋，似乎與任何國家的民族服飾都很相稱。轉學生沒有家人，獨自住在社福機構的事，已在校園一傳十、十傳百。消息究竟是如何走漏的呢？

只要轉學生一來，安恩英便會盡快去看個仔細，畢竟在這間學校潛藏了成群的怪東西，一旦稍微鬆懈，事情就會一發不可收拾。這次的轉學生，乍看沒什麼特別之處，她一看見恩英就微微點頭打招呼，恩英原本以為她只是出於禮貌才這麼做。

那名轉學生在午飯時間沒去吃飯就來保健室，當時還有幾位學生在場，他們問她為何而來，她也不回答。轉學生在等候其他人離開的期間，恩英也稍微開始緊張了。待保健室已經沒有其他人，她才直挺挺地坐到恩英對面。

「我叫做白惠敏。」

恩英一臉「看名牌就知道了」的表情，等著她繼續說下去。

「我也是疥蟎殺手。」

「那是什麼？」

「我會抓疥蟎。」

「疥蟎是什麼？」

轉學生有些無奈地取出一個金屬盒。這怎麼看都像是個攜帶用的肥皂盒，她卻用兩根手指從裡面捏起某個透明生物。

「這就是疥蟎。」

恩英只能隱約看見某個動來動去的東西，想瞧個仔細，但仍舊很模糊。奇妙的是，她能感覺到是類似蟲子的物體。

「看不太清楚對吧？連老師您都看不太清楚，所以才會有專門抓疥蟎的人。」

「這會危險嗎？」

「接觸以後如果能及早除蟲就沒關係，擱置太久的話，精神會變得很差。假如感染超過一百天，就無法挽回了。」

「等等，這是我們常說『好像被疥蟲纏身一樣』[14]的那個疥蟲嗎？」

「對，牠和會引起皮膚病的蜱常被合稱蜱蟎，但其實蟎指的是這個。不過兩種都是讓人一樣困擾的害蟲。」

「原來疥蟲是真的會纏身啊……」

本以為自己該看的都看過了，而現在竟然還能見識到新東西。恩英感受到自己專業上的不足。

「牠通常容易寄居在手肘、小腿和睪丸這種撞到會很痛的部位。」

「那要怎麼除蟲？」

「因為牠會緊貼在皮膚上，必須精準地以指甲末端用力去除，而且為了盡量不讓牠的腳或唾液殘留在上面，要慢慢地去除。」

「再來呢？」

接著，白惠敏將手指間那隻不斷動來動去的疥蟲放進嘴裡。在恩英還來不及說出任何話之前，她聽見「啪」一聲，像是外殼破裂的聲音。白惠敏幾乎沒怎麼咀嚼，就將疥蟲嚥了下去。

「只有疥蟲殺手的胃酸能徹底殺死牠。」

「喔，胃酸啊……」

「老師，疥蟲一直往這間學校聚集，所以我轉學來這裡了。」

「這算不好的現象吧？」

「疥蟲本身很單純，雖然不是什麼邪惡的東西，但是聚集了這麼多的時候，就該看成是某種不好的徵兆了。」

「總之，老師以後請您多多指教。」說完這句，臉圓圓的疥蟲殺手向恩英告辭，然後走回教室了。她們的初次見面十分友好，又能獲得實用的資訊，然而，恩英腦海中，卻反覆重播著可愛女學生吞下噁心蠕蟲的畫面。

「妳說她？她看起來很平凡耶？」

仁杓看著恩英指著站在遠處的惠敏，覺得很不可思議。竟然是她，說她吞下蟲，實在是難以置信。

「難怪，我就想說倒楣的意外怎麼一直發生。妳說那個叫疥蟲是吧？會不會也跑到我身上了？」

仁杓仔細地撣了撣衣服。

「這種東西應該連你的半徑五公尺內都進不來吧。」

恩英想到前一天被郵差伯伯摩拖車撞倒的男學生。那也是因為疥蟲的關係嗎？郵差伯伯是位稍有年紀的紳士，不得不騎得緩慢。男學生在微微傾斜的道路入口處玩網球，結果他突然後退，和緩緩前進的摩拖車相撞。正確來說，他們更像是糾纏成一團再滾出去的感覺。伯伯雖然只有擦傷，但學生則是斷了韌帶。這對他們兩位都是非常倒楣的意外。會是疥蟲嗎？是疥蟲弄斷他的韌帶嗎？

「不是吧，那個女學生還每天去福利社買東西吃耶。」

經歷了那麼多事，依然不相信恩英的仁杓說道。的確，大部分時候都會在福利社看到白惠敏的身影。不知道她什麼時候交了那麼多朋友（或許小孩能夠直覺地辨認出惠敏是友善的人），每次都見到她與不同的朋友吃著不同的食物，在樓梯上上下下走動，途中如果碰見恩英，她也會有點害羞地打招呼。

有時候，她會因為胃酸分泌過多，來保健室要一點胃乳。

「老師您看，上面寫著草莓口味，但完全不是草莓的味道。這根本在騙人。」

惠敏一面吸著胃乳，一面發牢騷。

「現在的學生都不太對老師說『您』了。」

「是這樣嗎？難怪同學都會拿開我玩笑。」

「不過妳這麼愛吃福利社的食物，對身體不好喔。」

學校供應的菜色本來就口味清淡，恩英擔心是不是惠敏住的機構伙食不好，於是問道。

「沒關係。」

「而且妳還常常吃對身體不好的東西，疥蟲又不是什麼健康食品。」

「這裡有太多疥蟲了，所以胃酸常常分泌過多。不管我怎麼抓、怎麼吃，都吃不完，所以我才常去福利社，因為空腹吃的話，胃會更不舒服，並不是因為喜歡福利社的食物才吃的。」

儘管白惠敏如此辯駁，恩英卻認為她在說謊。

「妳要考慮妳的健康啊。」

「反正我又不是人類。」

「什麼？妳不是？」

「我不是。」

「妳看起來完全就是人啊？就我看來就是啊！不對，在我眼裡也是！」

「我不是。」

「在哪方面不是？」

「我是憑空出現的。」

恩英呆愣地望著惠敏。惠敏有些不耐煩，接著繼續解釋。

「我真的是憑空出現的，我沒有父母。某一天睜開眼，我就存在了。而且我都在這附近出生，一直是在這二十三．八平方公里內的範圍出生，雖然行政區已經變了很多次。」

「從什麼時候開始出生的？」

「我的記憶是從河北慰禮城[15]開始。」

恩英極度苦惱著，現在起是否該對惠敏說敬語了。

「在那之後有幾次……？」

「我不是持續地重生，通常是疥蟲開始蔓延時會出現，大概已經四十八次還是四十九次了吧。」

「是有人命令妳去哪個地方、要做什麼事情嗎？」

惠敏似乎感覺出恩英的聲音裡有某種期待，她的嘴角，紅潤的唇微笑了。恩英心想，這位已經重生又重生的女孩，應該完全不需要唇彩這類東西。

「沒這種事。老師您和我，都只是系統的一部分罷了。這是我在學怎麼用電腦的時候知道的，如果出現了瑕疵，就會有修補軟體，而我們就是那樣的存在。我負責抓疥蟲，您負責抓人的惡氣，等於是在修補瑕疵。最近才意識到，我的狀況其實就像NPC[16]一樣。」

恩英從以前就暗自期待，只要她非常、非常努力地助人，總有一天會出現一位蓄著白鬍鬚，或是頭上插了玉簪的人，來到她的面前說：「妳辛苦了，現在開始盡情享受餘生吧！」如此稱讚她，然後解放她。即便白惠敏說了並沒有那種存在，而恩英也已認知這個事實，仍感到有些喪氣。

「反正您不需要擔心我，我現在只剩下兩年半了。」

「什麼兩年半？」

「我的壽命。」

「怎麼會！」

「在我上上次出生的那個年代，如果能活到二十歲，壽命其實不算短了。當時是在沒有生病的狀態下活到二十歲的。現在的小孩不再那麼容易死了，都活得好好的。」

然而，系統不知道這些。由於系統久未更新，因此白惠敏的壽命仍是如此短暫。恩英無法想像才二十歲就畫下句點的人生是什麼樣子。就算不是疥蟎殺手，早逝對一般人來說，也並非罕見的情況，但當它不斷反覆發生，那又成了另一個問題。

在這世界的外頭，果然一個人也沒有。沒有人會來救我們，也沒有人會來稱讚我們做得好。那天晚上，恩英和惠敏決定要吃速食。

操場的朝會時間到了。原本恩英認為自己不出席朝會也沒人會發現，不過蹺了幾次後，便收到了警告單，因此她最近都早早到場。在只需要收聽全校廣播的日子，她還能一邊做其他事，但偏偏舉辦朝會的那些天，外頭總是風和日麗。

不知道為什麼，無論時代如何改變，校長的訓話都一樣永遠如此無趣。「要是有人能下達指示，要求舉辦一些教校長如何把話說得有趣，或是如何長話短說的研習課程就好了。」恩英抱怨道。說不定這是因為大部分有趣的人，都沒能力當上校長的關係。「雖然有趣的校長應該很稀有，但他們總會存在某些學校裡吧？下次找工作的時候，應該要先打聽一下。」話才說完，仁杓便說：「他是我們家親戚，妳別亂講他壞話喔。」恩英聽了很錯愕。「又不是多好的學校，還搞什麼家族企業啊？」她很想如此嘲諷仁杓，但最終仍是忍了下來，繼續吃她的甜點。

如果恩英在排成一列列的新生之間慢慢巡視，他們會稍微繃緊神經，但二年級以上的學生都知道，恩英是個毫無威嚴的老師，於是繼續吵吵鬧鬧。恩英這麼做並非為了讓他們安靜，而是因為學生既然都在眼前了，就順便巡察一下，大致掃視他們是否出現異常症狀。正當她經過白惠敏班後面時，惠敏似乎在執行任務中，讓恩英看得津津有味。惠敏緊挨著一位歪著頭、垂著肩膀的男學生背後（大概在排隊時已刻意選好位置），迅速抓起一隻疥蟲。

「喂！妳！為什麼站在男生那排？」

手拿著尺踱來踱去的法政老師逮到惠敏了。哎呀，不應該招惹那個人的。恩英只能支支吾吾地站在遠方，插不了手。她一直都認為法政老師是個笨蛋。「怎麼會讓這種笨蛋教法律與政治？應該要由更好的老師來教這科目吧？」他就是會令人冒出這些疑問的那種人。

「妳嘴巴裡吃什麼？」

「什麼都沒有啊。」

「妳的嘴巴不是鼓鼓的嗎？現在是朝會時間，吃什麼東西？吐出來！」

白惠敏表情很不高興。還來不及吃下去的疥蟲，像糖果般鼓起，甚至稍微動了一下。要是直接咬下去會發出聲音吧，恩英緊張了起來。

白惠敏張開嘴巴，以舌頭稍微將疥蟲頂出來。

恩英清楚地看見那瞬間——小小的蠕蟲咻地跳到了法政老師身上。而正在被記點的少女疥蟎殺手，嘴角揚起淺淺一笑。在狀況屆臨危急之前，她大概不會幫笨蛋老師除掉疥蟲吧。

應該要勸她別折磨人家太久，趕快除掉蟲子才是。這傢伙，很危險。

「老師。」以悅耳嗓音叫她的白惠敏，推開保健室的門走了進來，於是恩英習慣性地拿出胃乳。

「不是，今天不是要拿這個，是生理痛。」

「什麼？」

既然創造了疥蟲殺手，難道不該廢除這不便的生理現象嗎？恩英思考了一下系統的漏洞。實在是很不細心，嘖嘖。一點也不貼心，嘖嘖嘖。她給了止痛藥，還替惠敏倒了水。平時她才不會幫忙倒什麼水。

「我是第一次以女生的身分重生。」

「四十幾次以來的第一次？」

仍不舒服地癱在床上的白惠敏，呆呆地看著恩英。

「女人被允許自由行動、碰觸別人的身體，也不過才多久的事而已。而且在戰亂時，被強暴和殺害的風險更高。雖然我沒有選擇權，但之前一直是自動地以男生的身分出生。」

「那現在變成女生了，感覺如何？」

「覺得很新鮮，除了生理痛之外幾乎都很好。」

過去是男兒身時，也有圓圓的臉和紅潤的唇嗎？恩英很想這麼問，不過即便她是疥蟲殺手，現在畢竟仍是對外表很敏感的年紀，所以她還是忍了下來。

「以前我很好戰，每到快要死亡的年紀，就會去最前線打仗。當時就是個年輕魯莽的士兵，反正最後也免不了一死。我從來沒經歷過不是戰亂的時代，戰爭總是近在咫尺。但這次我一點都沒有想要戰鬥的心情。」

「所以這是妳第一次當女生，第一次活在和平的時代？」

「是。」

白惠敏的表情正說著：「我想活下去。過了二十歲還想要活下去。」恩英其實從之前就試圖打探惠敏是不是有活下去的念頭。

恩英的底限是，不與同業搞社交活動，因此她和任何人都不熟，因為那塊領域的社群，一不小心就會形成黑市。恩英一想到可能要聯絡某個不想聯絡的人，心情便沉重起來。但是面對認識的人，總比陌生人好一點。

麥肯錫並未無視恩英的聯繫，隔天他馬上來到學校。但他不只是人來了，還開著一輛很大的車來，彷彿是在向恩英炫耀。那是輛能將仁杓的車撞個半毀的大型轎車。從車上走下來的麥肯錫，一看就知道他穿著一件嶄新的小牛皮夾克，雖然展現了他的好眼光，但夾克是選用硬生生從媽媽肚子裡取出的小牛製成的皮革。從這點來看，確實很符合麥肯錫的作風。假如他是個沒有眼光的人，或許他只是沒意識到自己選了製程殘忍的皮革，以及過度耗油的車子。但是以一個眼光精準的人來說，這可以算得上是最惡劣的選擇。這樣的想法，在恩英的腦海裡揮之不去。也許某些人會認為麥肯錫的改變讓他意氣風發，然而在她眼中，距離上次交手時間才沒過多久，他就變得更邪氣了。這股邪氣，是那些相信「善」不值得作為第一優先的人所特有的氣質，恩英對此實在難以容忍。

「怎麼會找來這種人呢？」

惠敏深吸了一口氣後說道。麥肯錫以他特有的方式，冒冒失失地走近惠敏，將她的嘴打開，以手機的閃光燈照了照。雖然惠敏把頭歪向一邊以示抗議，麥肯錫卻沒有放開她。

「Bug eater？[17]」

麥肯錫皺眉問道。

「有辦法除掉嗎？能不能把她身為疥蟲殺手的部分去除，讓她變成普通人？」

「這沒辦法，她必須是人類，才有東西可以去除。這已經不是利用種子就能處理的事了。不然乾脆把胃給摘了。」

麥肯錫冷漠地後退一步。

「無論付多少錢都找不出辦法嗎？」

仁杓試圖進一步交涉。

「哇，太過分了吧，我好受傷。洪老師，我眼裡又不是只有錢。難道因為是僑胞，就覺得我像美國人一樣愛錢嗎？」

恩英想起那些移民海外的親戚，覺得有些難過。我討厭你是因為你不斷做出惡劣的選擇，而不是討厭你所屬的任何一個族群。我的鄙視也僅專屬於你，並不會波及你之外的他人，完全是針對你一個人的那種憎恨。我對數百萬的海外僑胞有同胞愛，但唯獨看到你就倒胃口。恩英的心像是刺蝟般武裝了起來。恩英對他人的厭惡感，向來伴隨著愧疚與自我反省，然而對麥肯錫卻不是如此。她對麥肯錫的厭惡，相當明快而乾脆。

「給我兩億的話，我盡量一次解決。通常大家都不太願意動 bug eater 的，你不知道之前曾經因為他們的人數減少，導致床蟲在紐約肆虐、真蜱在日本作亂嗎？這很困難耶。價格應該要比兩億再多一些，但我會盡量維持在這個價格啦。」

心中似乎早有盤算的麥肯錫，笑咪咪地說。

恩英、仁杓和惠敏各自在心中稍微估算了兩億的金額。

「喔，我不需要了謝謝。我死了再重生就好，沒什麼大不了的。不能造成您的麻煩。」

「先等一下。」仁杓讓不知所措的惠敏先冷靜。他思考了一下該如何瞞著家人弄到兩億，並對麥肯錫輕輕點頭。一定有些祕密資金吧，私校集團裡不可能沒有。還是要偷偷賣掉媽媽的畫？一、兩件作品不見的話，不會馬上被發現吧？可是兩億的話，必須要賣大幅一點的畫作……他正在腦中列出清單時，麥肯錫說出自己的銀行帳號。

「可能因為我的銀行帳號唸起來很有節奏感，所以才能記得那麼清楚。不覺得嗎？」

幸好仁杓這次緊抓著皮帶，沒讓褲子掉下來，而麥肯錫也安靜地離開了學校。他開著貼上深色隔熱紙的轎車，很狂妄地轉了一個不像是轎車會轉的彎後，駛出校門。在這之前，三人都保持著沉默。

「錢該怎麼辦呢？但真正的問題是，那傢伙到底可不可靠。」

仁杓說道。

「我真的沒關係。如果繼續活下去的話，還要上大學，還要找工作，要煩惱的事很多。我不能收老師你們的錢。」

白惠敏再次婉拒。這時，一直默不作聲的恩英，露出了仁杓從來都不曾看過的陰險笑容。

「那傢伙，他以為自己非常聰明，但其實笨到不行。你連一毛錢都不要給他。我們已經得到所有必要的資訊了。」

「這是可以透過內科治療的胃潰瘍，雖然有一點出血，不過還沒有穿孔或狹窄的症狀，慢慢治療也沒可以。但到底為什麼要切除……」

吳東浩教授無法理解他面前這位白白淨淨的女學生，以及坐在她斜後方的恩英。只是這點程度的胃潰瘍，竟然跑來醫學中心，而且是外科，也令他好奇，她們是如何拿到轉診單的。眼尾細長的學生稍微低下了頭，恩英則開口說道：

「老師，你也知道，我每次開口拜託你，都是有原因的。」

吳教授當然已經往那方面想過了，因為恩英還在這間醫院工作時，他曾經受過她的關照。患者盼望存活的意念，在教授的背上早已積得像座塔，導致他還患有椎間盤突出。各種據說對椎間盤突出有效的療法，他都照單全收，甚至也接受過一次手術，卻仍是復發了。就在他百般煎熬時，安恩英幫了他。那天，他們在空無一人的走廊上遇見，恩英拿著一支奇怪的塑膠棍狂打他的背，當下他有些震驚，但那天之後，他的腰脊痊癒了。為此感到訝異的吳教授，後來在每次面臨困難的抉擇時，總會反覆想起恩英說的那番話。她說過：「認真工作固然很好，可是必須懂得拒絕。假如不懂得拒絕過重的工作和沉重的心理負擔，無論我怎麼幫忙打，那些意念還是會繼續堆積。試試看在心裡堅決地默念『No』吧。」

「假如我說『No』的話，妳會怎麼辦？」

恩英露出一副「跟我來這套嗎？」的表情，然後從容地扭了扭脖子。

「當然，妳開口要求的話一定是有原因的，但我怎麼能幫這麼年輕的患者切除整個胃啊！同學，妳知道把胃整個切除的話，以後會有多辛苦嗎？對妳全身都會有影響，這想也知道嘛！吃飯變得只能吃一點點，水分吸收的速度如果不順暢，還會覺得噁心想吐，而且低血糖發生時會很可怕。只有狀況很嚴重的人才會切除胃，到底為什麼……」

「我會死。」

皮膚白皙到似乎能反射診間日光燈的白惠敏，坐著說道。

「這個階段的胃潰瘍不會致死……」

「我會死。」

吳教授從惠敏的臉上看出迫切的心情。安恩英這人，突然辭掉醫院的工作去學校教書，究竟都在那做些什麼啊？吳教授很好奇。

「老師，你拒絕的話，我們也只能去找其他醫師，但他們並不了解我們這麼做的理由，所以一定會拒絕。那樣的話，我和這孩子最後搞不好會找上不可靠的密醫做手術。我希望最好還是由老師進行手術，因為你是最厲害的啊。」

「……唉，我不知道啦。」

「老師——」

「恩英，那妳每一年都要來幫我打打背喔！」

「最近腰還會痛嗎？看起來沒有累積很多啊。」

「因為我現在無法拒絕妳啊，以後一定又會累積下來。」

「知道了啦。」恩英笑著說。臉蛋彷彿是由申潤福[18]描繪出來的那個女孩也一起笑了。恩英是難以拒絕的夥伴，所以別無他法了，吳教授如此安慰自己，然後打開了手術日程表。

白惠敏漸漸從麻醉中甦醒，她雖然想不起來，但似乎在麻醉期間說了些奇怪的話。耳邊仍迴盪著保健老師與漢文老師的窸窣笑聲。惠敏暗自希望自己沒說出太丟臉的話，然後睜開了眼。

喉嚨很乾、身體發冷、頭也很痛，還聞到了無法言喻的「手術味」，不過那股灼燒感已消失不見。體內那股在分解、沸騰的熱辣痛覺，也消失了。

「妳別去摸。」

大概是她的手不自覺地伸向胸口周圍了吧。恩英輕聲阻止了她。

「怎麼樣？覺得還好嗎？」

仁杓仍不放心的樣子。

「我說了什麼嗎？我剛才好像有說什麼。」

她動了動感覺還像是別人的舌頭，好不容易才要開口發問，兩位老師聽了卻再次失笑。

「我想當大學生！」

「早知道就更認真唸書了！」

聽到老師的模仿，惠敏羞愧到想直接暈過去。可以的！現在開始做就對了！雖然聽到老師如此鼓勵，惠敏仍是越來越焦急。原來，人活著會感到焦急，會產生欲望。歷史悠久的疥蟲殺手，此刻在腦袋昏昏沉沉的狀態下，心態逐漸年輕了起來。

沒人知道疥蟲後來怎麼了。動完刀後，惠敏有時還是能看見疥蟲，不過已慢慢變得模糊，也越來越少看見。說不定有其他的疥蟲殺手誕生，或是疥蟲肆虐期已經平息。

「現在已經跟妳無關了，妳又不是疥蟲殺手。即使疥蟲再度猖獗，也不是妳的責任。」

恩英對她說。都抓蟲抓了四十多次、也活了四十多次，惠敏可以說對這個世界仁至義盡了。恩英建議她往後就以這副古典模樣，認真活在有無限可能的現世。惠敏覺得恩英說得對，將這番話銘記在心。而仁杓甚至為了惠敏新設了一類獎學金，令她感激到邊哭邊讀書了。

接下來是題外話，原本在畢業後仍經常聯絡的惠敏，在短暫失聯一陣子後，又再度以充滿自信喜悅的表情出現，宣佈自己應徵上歷史悠久的害蟲防治公司，兩位老師聽了都不知該作何反應。聽說是間好公司，但是到底、究竟為何非要除蟲不可。

看著兩人慌張無措的臉，惠敏的櫻唇又再次微微地上揚。

註解——

14 韓國有句俗語以「好運像是被疥蟎纏身」的比喻，來形容壞事連連、難以擺脫霉運的情況。

15 河北慰禮城：慰禮城是朝鮮三國時代的百濟（西元前十八年～六六〇年）首都名稱，位於現今首爾內，以漢江為界，分為河北、河南慰禮城。

16 Non-Player Character (NPC)：角色扮演遊戲中，非由玩家控制的陪襯角色。

17 Bug eater：吃蟲的人。

18 申潤福（一七五八～一八一四）：朝鮮著名風俗畫家，作品以描繪男女情愛為主，筆觸細緻柔美。

穩健教師朴大興

朴大興是M高中四位歷史老師之中，年紀最小的一位，所以其他老師請託他評估和選定課程改版所需要替換的教科書時，他也就當作是多了一項工作，老老實實地接下。大興評選八款教科書時，是依據其敘述是否有條有理，收錄的資訊是否正確無誤，以及是否便於讓學生練習為標準。不知道其他科目的狀況是否相同，還是只有歷史科特別挑剔，課本的校對到了第十校，偶爾仍會發現錯誤，因此必須詳細審查。費盡苦心地將教科書排名後，他發現第一、二、三名的水準相當，其實選哪一本都無所謂，於是聯絡任職他校的同屆老師，得知大家都選出類似的書，才放心地遞交評選結果。

結果，校長室請他去一趟。

「朴老師，你是紅衛兵嗎？」

一走進校長室，滿臉紅通通的校長一看到他就劈頭飆罵。要比誰更紅的話，校長您才是紅的吧。

「啊？」

「你去抗議了嗎？念大學的時候？」

「沒有啊，我沒去過。」

他真的沒去抗議。雖然任何一間學校的歷史教育系，通常都是社會運動的最前線沒錯，但這也是因為只要稍微學過歷史，就能夠看清當前的社會正順著歷史、或逆著歷史的方向發展。身在政治傾向如此分明的科系裡，大興一路走來都屬於穩健派，他不是會為了敏感議題站出來大聲疾呼的性格。因為這是天生的。大興的父母親是穩健的個性，祖父母也一樣，這穩健特質的源頭，連大興也不清楚該上溯到哪一代，而這家族譜系的尾巴正好就是他。大興的上一位女友，在分手前曾不留情地批評他「像是一杯緩慢、冰冷、不含咖啡因的冰滴咖啡」，對於喜愛喝冰滴咖啡的他來說，這番話聽起來其實特別傷人。

「那你為什麼把K社課本排到最後一名？」

「因為品質很差。」

K社過去因為親日、擁護獨裁的立場而引起的爭議，確實也是個嚴重的問題，但姑且不論這點，大興是真心認為其品質一塌糊塗。不僅敘述前後不一致、內容零碎不充實，蒐集來的資料出處也亂七八糟，甚至連基本概念的解釋也能輕易發現錯誤，因此他二話不說便淘汰了這本教科書。

「朴老師，你這樣決定的話，我在私校校長的聚會上，臉要往哪擺啊？」

「……可是其他學校應該也不會選這本。」

「如果這時候我們選了這本，不就很有面子嗎？」

「不會，我覺得應該不會更有面子。」

「唉，我真的是錯看你了，而且是錯得離譜。你再重新審一次！」

「不管我重做幾次，結果大概都會是一樣的。」

大興的心情變得有點糟。這不僅是專業領域受到侵犯的問題，而是他理性做出的抉擇，竟遭受如此荒謬的攻擊，被質疑成是帶有政治偏見的結論。假如是比較暴躁的前輩，也許會和校長一樣拉高嗓門，但大興面臨這種情況，頭腦反而會冷靜下來。阻礙教育的，往往是與教育無關之事，真令人鬱悶。他從校長室走回辦公室的路上，光是嘆氣就嘆了十五次。

「因為我們都在校長的黑名單上，所以才交給你的。」

他向其他老師說明了狀況，企圖將評選工作交給他人，但卻沒有人願意接。原來前輩們推辭的不只是課本，還將校長也推給了他。事後才恍然大悟的大興，覺得自己很倒楣。

「我不是很擅長處理這種矛盾的人，實在不知道該怎麼辦。」

「你就告訴他已經重新看過一次，把那本改成第二或第三名，反正不是最終決定就好了啊。校長覺得保住了自己的面子，就不會再追究了。」

「怎麼可以把那種書擺到第二、第三名啊？」

「第二名和最後一名也沒什麼差別啊。」

「當然有差別啊。要是校長又問，那第一名和第二名有什麼不同的話，該怎麼辦？」

儘管是最要好的前輩也安慰不了他。朴大興從那天開始做起了惡夢。那是有生以來未曾做過的、一直反覆不斷的夢。

那毫無疑問地是個惡夢。在夢裡，大興正在授課，這是當天的第七個班級。在頭兩個班級上課時，多少仍有些不順暢，不過越到後面的班級，他已經能像反射動作般自然地教學。雖然沒有演戲經驗，但他有時候很好奇，舞台劇演員在接近演出期間的尾聲時，是否也達到這種狀態？也就是說，身體已熟練到將表演全然內化的狀態。他正開心地上著課，但寫完板書一轉身，卻發現學生一個個變了模樣。這時，才是惡夢的開始。

一開始，他們與平時的樣子無異，在他回頭那刻，卻變成一群坐在椅子上的死人。學生的樣貌並不可怕，可是從他們的服裝、鬆弛的眼、張開的嘴看起來，顯然是死亡已久的人。他們全都呈現一種 **Sepia** 的色調。大興因為不知道 **Sepia** 色的意義，還在手機拍照軟體中查找了一下。嗯，是種無法言喻的 Sepia 色。

就像是刊在課本上的照片所呈現的那種棕色。

接著，他的頸部瞬間麻痺了，如同水龍頭的旋鈕被緊鎖一樣，在開關鬆開前，他一句話都說不出口。大興試圖以咳嗽的方式暢通喉嚨，於是抓著講台的邊緣使力，卻徒勞無功。坐滿教室第一排到最後一排座位的亡者，此刻只是默默凝視著掙扎中的大興，他已無法判斷自己是比較害怕死人，或是更害怕自己發不出聲音。畢竟健康的聲帶，是身為教師的大興相當引以為傲的部位。重點不在於他的嗓音好聽與否，而是他的聲帶擁有長時間講課，也不容易疲勞或失聲的持久力。苦於聲帶長繭的同事不在少數，嗓子如果壞了，即便擁有其他再好的特質，教師職涯也會變得很艱辛。清晨的寒氣總會讓大興的嗓子緊縮，接著他就清醒了。「啊，啊啊，啊啊啊」一起床，他先確認了聲音狀態，卻不知為何發出比平時沙啞的嗓音，唾液吞嚥有些困難，咽喉也覺得刺癢。

難道是亡者在抗議，或是在威脅我嗎？連續幾夜的惡夢，讓本來不迷信的大興，也不得不往那方面想了。

「聽說前幾天你發生了一些事。」

在教職員餐廳裡，仁杓坐在他面前這麼說，這時大興意識到——客訴處理小組出現了。雖然處理客訴並非仁杓正式的職務，但他實際上扮演的正是這種角色。如此一來，也證明了大興與校長間的不和，即使尚未公開搬上檯面，卻已經成了學校的大問題。大興忽然沒了胃口。

「也沒什麼啦……」

「我也跟他講過這件事，沒想到他比預期的還要固執。」

仁杓稍微皺了眉頭，雖然沒有公開批評校長，但仍隱約地表現出些許不滿，和大興同仇敵愾。

「老實說，我認為校長的主張不太符合我們的校風，如果他選擇那種課本的話，已經過世的創辦人會很傷心。」

大興很欣賞仁杓以稍微生疏的「創辦人」來稱呼自己的爺爺，儘管這是所有人都知道的事實，他的分寸依然拿捏得宜，表現出謹慎的態度。關於創辦人，大興也稍微打聽過，從他出生的一九二〇年代直到過世的二〇〇〇年代，未曾在人生中留下什麼大污點，因此他認為創辦人是位值得尊敬的人物。畢竟在大興眼中，二十世紀是個很難活得清清白白的時代。當初M高中登出求才公告時，他不考慮其他更好的學校，卻來應徵M

高中的原因，就是認為既然創辦人還不錯，那校風應該也值得期待。

「保健室有好喝的紅茶，要一起去嗎？」

假如是平時的話，他可能會婉拒邀約，但這次大興卻從善如流地答應了仁杓。既然心中有委屈，就隨著客訴處理小組走吧，他直覺地跟了上去。大興不打算一股腦地訴苦，只當作是茶餘飯後的閒聊，說不定也會有幫助。

他們走進保健室，與仁杓的緋聞傳得沸沸揚揚的保健老師，已經燒好熱水了。平常身體很健康的大興是第一次來到保健室，他原以為自己對校園已瞭若指掌，但一進入之前從未涉足的保健室，便感到新奇地看來看去。

保健老師桌上擺著一張平面圖。那顯然是學校的平面圖。

「喔，是學校嗎？」

大興好奇地問。「喔，那個啊，」正在小桌子上泡茶的恩英回頭看了他一眼。大興頓時遲疑了一下，露出欲言又止的表情。

「其實，我做了惡夢，一直夢到我困在學校的夢。很詭異吧？」

「這沒什麼奇怪的啊。」

看來保健老師也有壓力啊。大興聽了點點頭。

「已經對妳這麼好了，還對學校有不滿嗎？真是讓人心寒。」

不像大興那般贊同恩英的仁杓，如此抱怨道。

「不過為什麼要看學校的地圖……？」

「喔，我忘了在哪邊看到的，我們在夢裡的空間感不是會扭曲嗎？所以醒來以後，常會覺得好像困在原本很熟悉的空間，或者會突然迷路。做了這種惡夢時，可以試試在睡前畫出那個空間，或在上面標出箭頭，聽說會有幫助。」

「原來如此。」

大興已經是第五次夢到整個教室都坐滿死人，所以他也在想，或許該是時候逃出那間教室了。

「要去哪裡買這張平面圖呢？」

「喔，你也需要嗎？還是我也給你一張？」

仁杓馬上插話。

「好啊……其實我也夢到類似被關在教室裡的夢。」

大興同意了仁杓的提議。他很好奇，困住的人究竟是自己，還是那些死去的人。他曾經在網路上看過一些人分享如何以各種方式做清醒夢，聽起來值得一試。如果什麼都不嘗試，他實在不敢想像這個惡夢會持續多久。

那天夜裡，他將校園平面圖擺在床邊的架上，反覆看了好多次才入睡。不知是平面圖還是自我暗示起了作用，在這次的夢裡，他打開了教室的門走出去，但那些死人卻跟了上來。大興剛推開門，亡者一下子全站起身，所有椅子摩擦到地板那瞬間，發出的聲響過於逼真，嚇到了他。跟在大興身後那些棕色的人，忽然湧入走廊，他擔心他們該不會要撲上來，但死人只是保持著一定距離，拖著腳步走在他後頭。幸好，夢境裡的空間與現實中的學校大同小異，沒有突然冒出來的轉角，或出現打不開的門阻擋去路，所以他也沒有迷路。大興鎮定地按著腦中的地圖移動，覺得自己好像成了花衣魔笛手。

西邊大門的玻璃門一開啟，他竟感覺到外頭的空氣流入，彷彿這不是夢境。而死人身上飄來的，不知道該說像棄置的書法用具味道，還是像腐敗墨汁的味道，總之，那股陌生的氣味漸漸散去。竟然能聞到味道，我竟然能在夢裡感受到氣味的變化，我並不是一個想像力豐富的人啊。大興連在夢中都感到詭異。

「你們可以離開了。關於課本的問題我都瞭解了，我會好好處理，不讓你們擔心。」

走出教室後，鎖喉的感覺逐漸消失，當他開口說話時，已經能正常發聲了，光是這點就讓他放下心中的大石頭。不過那些亡者似乎沒打算走出大門的樣子，他們依然擺出像老照片上的表情。

「你們到底想去哪裡呢？能不能告訴我？」

看著他們靜默不語的臉，大興開始感到挫折，不一會就睜開了眼。彷彿是他們主動放手，讓他一口氣醒過來的感覺，他的上身像是彈起來似的。雖然做了惡夢，身子卻感覺很輕鬆，因此大興認為這反覆出現的夢，說不定並不是惡夢。會不會是那些亡者也不確定自己想要什麼，所以才找上大興？假如他們是希望大興能給個明確的目標或對象呢？

於是，當晚他再度入睡時，試著改變了目的地。大興有一支用來改小考考卷的藍色蠟筆，因為文具櫃的紅筆用光了，所以他就挑了這支，而且它是必須拉動上面的線，再剝掉外層紙捲的舊式蠟筆。他以這支筆，在平面圖上使勁地畫了箭頭。

那些亡者連自己想要什麼都不清楚，既然如此渴望解決這個問題，那帶他們去見決策者不就好了嗎？

他畫了一道又粗、又密的藍色箭頭，指向校長室的方向。

假若這次計畫失敗，大興原本還想，是否應該將亡者從學校拖到校長家去，不過在最後做的那場夢裡，他光是帶他們到校長室，就解決了問題。大興一打開門，亡者便井然有序地走進去，坐在校長室偌大的沙發上、地板上。此後，那些棕色的人再也沒出現過了。幾天後，校長請了病假。大家趁他缺席期間，照常進行了教科書的審查與決選。

休完病假回到工作崗位的校長，看起來比以前無精打采，而且僅任職到那年結束便辭職了。他尚未滿退休年齡就卸任，在沒有任何人替他感到惋惜或遺憾的卸任儀式上，大興雖然有些自責，懷疑是自己害他離開，但他的心情並未因此感到特別沉重。

除此之外，大興已不再像以前那般穩健了。這變化並非在短時間內突然發生，而是在幾年之間，他慢慢改變了。學生比起大興預期的，還要更常提出令他難以回應的疑問。例如：為什麼選舉時會選出糟糕的人？為什麼事情明明正往好的方向發展，最後卻沒成功？為什麼歷史的發展總是少不了阻力？假如是以前的他，可能會迴避或含糊帶過，現在他則是盡可能以較不會觸動敏感神經的方式說明。當然，無論他如何客觀地解釋，偶爾仍有學生家長來電抗議。儘管必須承受抗議的電話，但那都是應該要說明的事，有時他還會與前輩們一起以喝烈酒、吃串燒的方法，替自己辯護。

「你們知道吧，下次選舉的時候，你們也有選舉權喔。」

有些學生特別無法認同大人所建立的世界，面對這些孩子，大興常會在他的說明最後加上這句話，他們聽了以後，眼裡似乎閃爍著光芒。大興也因為看見他們眼中閃爍的光芒，而持續懷抱著希望。新的世代總是更有智慧，這些小孩將遠比我們優秀。所以擋下那本愚蠢的課本，真是做得太好了。

講課時，大興的視線偶爾會停留在課本上的照片，照片裡的那幾張臉他似乎認識，好像是曾在夢裡見過幾次的……然而無論是照片或是夢境，都因為過於模糊而無法辨認出他們的身分。後來，即使大興的目光逗留在那些棕色的臉龐上，也依然能流暢地發出聲音。

在那場暴風裡，我們互相擁抱

仁杓覺得媽媽越老越像隻火雞。原本下巴就很尖、骨架又小，頸部皺紋也一天天增加，加上她有說話時將胸口前傾的習慣，怪不得像火雞。下次她生日的時候，應該要買罐好一點的頸部乳霜當禮物才對。仁杓的思緒已經飄到遠處。

「她看到我手機裡的相簿有你的照片，就說要幫忙介紹啊。我是不想造成你的麻煩，可是你又還單身，如果常常拒絕人家相親的要求，對方會覺得我好像很不關心自己的兒子。」

「不要那麼關心我也可以。」

「不去認識一下嗎？」

「我會去認識看看。」

仁杓早認知到自己不擅長拒絕相親邀約的事實。他為了讓母親安心，不去擔憂瘸腿的兒子娶不到老婆，他會出席相親場合，禮數周到地與對方吃飯、喝杯茶，回來後假如一點也沒動心，即便媽媽再怎麼念，他也不會再約對方見面，這就是仁杓的策略。儘管他採取了介於孝順與不孝之間的模糊路線，不過這招還挺有效果。媽媽的社交圈雖因此逐漸崩解，但他認為如此一來，那些總是令媽媽越來越焦慮的朋友，應該也會稍微減少一些吧。

已經安排相親的週末，他會先告知恩英。頭一次告訴她時，他還有點尷尬，不過恩英聽了也只是若無其事地繼續計畫其他週末的行程，所以接下來幾次就變得輕鬆多了。兩人在過去幾年成為最親近的同事，一起度過許多時光，很多話即使不說出口，彼此也有很好的默契，但他們並不是一對戀人。他們每週都會牽手散步，可仍舊不是情侶。恩英光是為了生存就很吃力了，因此她總是暗示自己不會做長遠的計畫，所有狀況皆是臨時安排。面對這個不斷透露自己只會短暫停留的女人，仁杓十分理智地謹守情感上的分際。

唯獨在某一次，他們正準備握手的瞬間，他冒出了想吻她的念頭。不知道為什麼，看著恩英乾巴巴、掉了色又浮腫的嘴唇，他有了這種想法，所幸他早就過了那段容易被發現他想接吻的青澀年紀。連蛛絲馬跡都能察覺的恩英，當然也沒有發現，證明仁杓相當地老練了。

兩人所處的特殊狀況當然也是原因之一，不過從他們沒再進一步發展的這點看來，這只是一段很普通、淡薄的關係。在過去幾年裡不曾發生的事，之後大概也不會突然發生。

仁杓沒有任何興致，也不覺得緊張，僅以平常心去相親，卻遇見了令他心儀的女人。這種情況非常少見，他甚至已想不起上一次和他喜歡的女人交往是什麼時候了。這完全在意料之外，仁杓也感到訝異。她彷彿是依據仁杓喜好所打造出的人。

舉例來說，她從頭到腳都沒有穿戴任何有花朵圖案的配件。仁杓很討厭有花的圖案，原因並非出於對花本身的反感，而是因為有花的樣式是最容易的選項。挑選碎花配件的人，在他看來大多是不夠成熟、個性散漫的人。他也不喜歡碎花洋裝和碎花皮包，而鞋子如果也有，則更令他厭惡。恩英有件印有熱帶大紅花的襯衫，一件充滿泛黃碎花、意味不明的長洋裝，還有一個外觀如香囊般鬆鬆垮垮的合成皮包包，裡面莫名其妙地鋪了一層碎花內裡，甚至連她的錢包也是老氣的漆皮印花長夾。明明也不是特別喜歡強調自己女人味的類型，可是恩英總會選擇有花的樣式。

眼前的女子，不但全身上下沒有任何一朵花（趁她稍微打開皮包時仔細確認過內襯），連妝容的每道細節都費了心思，頭髮看起來也很健康。比起外貌本身，仁杓更重視對方是否花了時間將自己打理得整潔端莊，而他自己也會確實地洗臉、保濕和打扮。相較之下，恩英既沒有天生麗質的好皮膚，又不好好上粉底，尤其是她只擦了紅色唇膏就出門時，在一早還沒完全睡醒的仁杓眼中，顏色實在太刺眼了。另外，除毛也是馬馬虎虎，絲襪也總有脫線，而且每次心情大好，就會將頭髮又染又燙，經過她幾番虐待的髮尾，讓仁杓看了很心煩，但恩英過了一陣子又會全部剪掉。正因如此，她雖然嘴上常說要把頭髮留長，卻總是維持著一樣的長度。而在他面前的女人，一看就知道她會定期保養頭髮，整齊的瀏海與形狀完美的眉毛也令人讚嘆。她是無時無刻都維持那樣的眉形，還是幾天前才修剪的呢？

她也沒戴任何看起來廉價的首飾，僅有一副穿過耳垂的珍珠耳環，與看起來像是從上一輩傳下來，年代已久的金戒指而已。假如那是近期的金飾，色澤未免太深了。身上飾品相當優雅簡潔的她，不會像恩英一樣，總愛對仁杓說的話百般嘲諷，也不會提出反駁，只是微微地點著頭。

「聽說妳在電視台工作？」

仁杓關心地問道。

「不是什麼很有趣的工作，是在資料管理室，那是電視台最安靜的地方。」

「那應該也看過很多有趣的事吧。」

仁杓覺得自己說的話還真無聊。什麼叫看過很多有趣的事啊，要是恩英聽見，肯定會嘲笑他說話像個老頭。

「現在大部分都不在汝夷島拍攝了，已經改到其他地點拍，目前還有一些廣播和晨間節目。有些知名老藝人出入時，會用眼神和他們打招呼。」

她是在安靜的地方工作的安靜女子，不會吵架，不會大聲嚷嚷，不會陷入危機，不會筋疲力盡，也不會倦怠的女子。當然也壓根不會去看她不該看的事物，包包裡不會裝著詭異用途的玩具的女子……如果與這種女人在一起，也許一切都會輕鬆順遂。即使恩英並不是刻意要對他無情，但她總是一臉像在告訴他「我不會久留」的表情，這些年來已幾乎要讓仁杓患上神經痛之類的毛病了。既然不是一段輕鬆的關係，那大概是必須放手的關係了吧──一段令人心累到不得不下這種結論的關係。

「妳名字的漢字怎麼寫呢？」

仁杓問道。「智」「英」，申「智」「英」，其中的「英」字與恩英的名字聽起來重複了一個字。她回答是火部的「煐」，而恩英是艸字頭的「英」，雖然他曾一度懷疑根本是犬字部的「獰」[19]。仁杓與申智煐約好了下週要再見面。

他對她說下週末也無法見面，恩英似乎有點訝異。

「啊……跟上次那位？」

仁杓不置可否。

「沒關係，年初的時候，附近的商場會有很多類似許願樹的東西，而且快到情人節了，年輕人會用心把樹裝飾地滿滿的，我只要稍微碰一下就夠了。」

仁杓想起每逢以交換甜食為主的某某節日到來時，恩英也會興奮地到處串門子，一下這個教室、一下那個教室，像是隻蜜蜂忙進忙出的樣子，讓他笑了出來。她尤其喜歡會摺玫瑰花的學生，但他們應該完全沒料到，保健老師會偷偷吸收他們自己的愛情與真心。恩英雖然心疼學生，卻也不願放過任何能充電的機會。

仁杓瀟灑地伸出手。

「哇——有了女朋友以後，就不能再握這隻手了耶。但是真的沒關係，沒有你的時候我也過得很好。你開心地去約會吧。」

恩英還為他打氣。雖然並非託她的福，不過他和智熯的約會非常愉快。他們吃的不是藥膳料理而是輕食，逛的不是風景名勝而是市中心。多虧前些日子才量身訂製的新鞋，仁杓走起路來輕鬆多了，身體也不會大幅傾斜，智熯也貼心地配合他的速度。一陣涼爽的風吹起，讓智熯美麗的後頸露了出來。後來得知，他們大學時期旅行過的城市多有重疊，這話匣子一開就聊不完，於是自然地計畫了下次的會面。兩人決定要一起享用他們都去過的城市的美食，一起去欣賞有那個城市美景的電影。

「那一家人好像有點奇怪。」

正吃著早午餐的媽媽說。

「哪一家？」

「就是那個小姐的家啊。」

「哪裡奇怪啊？」

「她家的財產規模，和介紹人說的不同，而且本來說她爸爸是S大的教授，結果是D大學的教授。」

「不管是哪裡的教授都很了不起啊。」

「就是說啊，所以才說很奇怪嘛！為什麼要隱瞞這個呢？如果不是因為太自卑，那一定是有什麼問題。」

仁杓擺出一臉「所以呢」的表情，等著媽媽接下一句話，臉上也同時露出「要我認識她的人是妳」的神情。

「不要再跟她見面了，找下一個吧。」

仁杓點了點頭，表示他知道了。

「看看你，我會不知道你那表情是什麼意思嗎？就是『隨妳便』的表情啊。不要把我看成『那種太太』，我才不是常在連續劇裡出現的那種媽媽，這是根據人生經驗下的判斷。問題不在於有多少錢，但是會為了這點小事說謊的人，一定是心裡有鬼。」

「那不能算說謊，只是誇大了一點吧。大家不都是這樣嘛！」

他揚起眉毛，彷彿在說「媽，妳也是這樣啊」。

「好啊，你繼續交往，就跟她交往到底。說得好像你曾經跟誰交往很久一樣。」

媽媽也不服輸地挖苦他。小時候，仁杓常聽別人說他很像媽媽，他不禁摸著下巴思考，難道自己以後也會變成一個長得像火雞、愛對人冷嘲熱諷的大叔嗎？後來，母子倆繼續維持表面的和平，一邊吃著雞蛋。

恩英沒空關心仁杓的戀愛史。痢疾正在校內蔓延，包含一名教師，共有十六人集體出現腹瀉症狀，學校因此採取緊急停課措施，她也為了防疫必須執行的檢查，忙得不可開交。M高中為了根除營養午餐的採購弊端，改由學校直接供餐，已有好一陣子了，口味雖平淡，但衛生並不差，因此這次的狀況有點出乎意料。

「我們的衛生管理真的很徹底，手也是馬上洗乾淨……」

學校餐廳的阿姨都很難過。恩英在M高中待了好幾年，才終於和這些餐廳阿姨變得很熟。即使同樣都是教職員，她們與老師之間仍有微妙的隔閡，大家聚餐時也不會找餐廳阿姨一起吃飯。餐廳既屬於學校的一部分，卻又與校園隔著一段距離。恩英越來越常在這裡出入，是因為蒸飯產生的水蒸氣，能將餐廳淨化成一個沒有雜質、沒有髒東西且令人愉悅的空間。當然，只有恩英認為這是個愉悅的空間，阿姨們不但常常燙傷，也因為地板濕滑，必須穿著靴子工作，長時間下來導致皮膚問題不斷。她們慢慢、慢慢地和恩英變親近後，也常到保健室串門子。她們之間是互助的關係，阿姨們經常會留一些剩下的馬鈴薯沙拉、小番茄等食物，給一個人住的恩英。

「不用太難過啦，細菌性痢疾是只要有一點點細菌就能傳染的病，而且除了食物以外，也有可能是水的問題。」

恩英安慰道。那一週，恩英也是每餐都在餐廳吃，卻沒有感染痢疾。儘管無法百分百確定原因，不過餐廳已經仔細地消毒過一遍，希望不會再繼續傳染。

事實上，她也有點慶幸學校停課了，因為她需要休息。「難道是慢性疲勞症候群？」她自言自語，但接著又改口：「可是原因很明確，跟那個不太一樣。」恩英覺得自己的身體，好比是一幢臨時搭建的組合屋或倉庫。那是一間裡面有時會擺滿不屬於自己的物品的地方，但又很快地被清空，而且還要不斷承受狂風暴雨，好不容易、勉勉強強、千辛萬苦地，才能挺立在原地的斑駁鐵皮屋。恩英回想了一下，最後一次在白天小睡是多久以前的事，然後躺上了床，用的還是市面上尺寸最小的床墊。

恩英感覺她只要一躺平，似乎就能睡上一百年，但陽光實在太強烈，強烈到她的眼皮閃著金黃色光芒，強烈到她的血管清晰可見。她這才開始後悔之前沒裝上窗簾，正在翻來覆去時，卻想起仁杓帶來學校的女人的臉。仁杓的車駛入校門，往教室方向去的當下，她剛好坐在長凳上目擊了這幕。是個漂亮的女人，端莊俐落的樣子與仁杓很相配。她坐在過去一直都是恩英坐的副駕駛座上，臉上一邊露出微笑，一邊參觀學校。仁杓帶她來學校的目的應該不是為了參觀，而是因為距離晚餐還有一段時間。恩英很難想像他們兩人共度的時光，她好奇那究竟會和自己與仁杓共度的時光相似，還是完全不同。

她心裡彷彿有個搖搖欲墜的架子，發出猛然倒塌的聲音。又如同某個黑暗角落裡，栓在老舊螺絲上的東西，終於瞬間分崩離析的聲音。我還能繼續待在這嗎？好像還能裝作什麼事都沒發生——但也正因如此，恩英覺得可能無法繼續留下來了。

恩英聽見奇怪的動靜、令人不悅的笑聲，轉頭一看，她感覺仁杓的臉漸漸失去血色。模仿仁杓走路模樣的學生哈哈大笑，然後逃跑了。他甚至在逃跑的當下仍在笑。那是只有小孩子才能發出的殘忍笑聲。

在整個教職生活裡，她從來沒遇過這種事，沒有任何一個小孩會拿仁杓的障礙來開玩笑。儘管在學校也會因為某些地區的父母較疏於管教子女，而導致大大小小的意外或是生活態度偏差，但也不致於有人如此卑鄙地騷擾瘸了一隻腿的漢文老師。較懂事的孩子會默默地轉移視線，較單純的孩子有時會不知所措，但也都只是一時罷了。在他背後惡意學他走路這種事，真的一次都不曾發生過。比起受到汙辱或感到憤怒，仁杓其實更覺震驚，於是茫然地站在那。

那個禮拜，有兩名在交往的女學生遭到集體毆打。其實兩人交往的事，所有老師都知情。學生愛說些沒必要說的閒話，而多數的大人也是如此。兩名學生的班導中，有一位表示要打電話給學生家長，最後是仁杓傾全力說服老師，才阻止事態越鬧越大。仁杓理性地認為，等學生在心理、生理、經濟上，都擁有能保護自己的基本能力後，再向父母說明也不遲。未來還會出現很多企圖傷害他們的人，此時此刻，他只想放任學生手牽手上學。自從成為老師後，每年都會遇見同性情侶，每隔兩、三年，傳聞便甚囂塵上，最後的結果不是其中一人遭強制轉學，就是兩人都被迫轉學，仁杓認為這是極度不必要的解決方式。如果放著不管，他們將會順順利利畢業。無論是男女、男男或女女的情侶，只要他們能遵守下課時間不躲到冷氣機後面卿卿我我、摸來摸去的大原則即可，他無法理解為何大家不能接受。博學的仁杓認為，從人類誕生以來便存在的同性戀，不應該成為需要「矯正」的對象。其實不僅是萊斯博斯島[20]而已，在東亞的古典文學中，關於食桃少年的愛情也時常登場。所謂的「自然」不正是如此嗎？自古以來就存在的，未來也會繼續存在。

然而這對情侶卻遭到了毆打。八名學生圍起那兩名孩子，又揍又踏，導致她們顴骨凹陷、肋骨裂傷、手指也骨折，其中一人甚至有輕微腦震盪的症狀。這是第七節與第八節課之間的下課時間，在無人看守的鍋爐室發生的事。仁杓想不通這突如其來的憎恨是從哪出現的，他向動手打人的學生追究責任時，其中一人以那年紀特有的防禦性姿態說道：

「因為很骯髒。因為很髒所以打她們。」

身為一位老師，對於沒有教會學生認清什麼叫做「骯髒」，他感到非常難過。

公司聚餐場合上發生了性騷擾事件，是平時看起來善良穩重的數學老師。他可以不使用 PowerPoint，直接以粉筆俐落地畫出令人讚嘆的圖形，可是一旦喝了酒，行為舉止就變得怪異。有幾次動手打人、揪人衣領，大家睜一隻眼閉一隻眼，就讓事情過去了，這次他卻將手伸進鄰座同事的裙子裡，因此弄翻桌子，闖出了大禍。當天提早離席的仁杓，在隔天聽聞所有狀況後，只能為這個原本已有兩壞球，現又得到三壞球的傢伙嘆息了。他也領悟到，原來無論何種暴力，性質皆是一脈相通。總而言之，問題在於當初他第一次、第二次犯錯時，就不該隱忍，不該息事寧人。

此外，甚至發生了荒謬的竊案。貨車暫時將四盒餅乾卸在燈火通明的超市旁道路上，竟然也遭竊，雖然貨物僅值十萬元，最後和解金卻超過了兩百萬元。而且嫌犯既不是沒錢買餅乾的孩子，也不是平時習慣性偷竊的孩子。查看監視器後發現，學生穿著校服，大方露出自己的臉和名牌，神色自若地偷東西。

「好吃嗎？兩百萬元的餅乾好吃嗎？你給我按照六何原則（六個W）寫出事實，你現在寫的都是自己的意見，我要你寫事實就好。」

光是要學生做好筆錄，就花了好幾個小時。本來正要展開新戀情，哪知道連談戀愛的時間都沒有。學務會議一週似乎開了十次，連警察局也去了三次。仁杓在神經緊繃的狀態時，常會感到全身痠痛無力，於是無奈地取消了一次週末的約會。他也不知道是被取笑的那隻腳在痛，還是因為受到惡意而傷心，總之就是痛。到了下週，他也對智煐說無法赴約。彼此見不著面的時間越拉越長，期間斷斷續續通過幾次氣氛尷尬的電話，仁杓可以明顯感受到對方想結束通話的跡象。不久之後，智煐連電話都不接了，仁杓這才稍稍放下心中的遺憾。偶爾總是會遇到這種，如颱風般自然而然消逝的東西。就當作自己只是心動了幾個禮拜吧。

後來發生了讓仁杓決定要打起精神的事件。全體的一年級班導師，都遲遲不願接納一位有輕度智能障礙的學生到自己的班級。他們原本不是這種人啊，他們所有人，真的原本都不是會這麼做的人。當然，有時候學生們會出事，有時候又輪到老師們出事，但是當他們同時都出了問題，就意味著原因並非來自於這些人。依照仁杓判斷，外面有某種不好的東西引發了這一切。

「我覺得好像有什麼毒在學校擴散。」

他立刻告訴了恩英。沒想到有一天他會比恩英還更早察覺。

「妳沒有看見什麼異常的東西嗎？」

「……沒看見耶。」

恩英沒特別看到什麼，一切都正常。比較嚴重的問題是，流行性結膜炎竟然在淡季開始流行，導致全校面臨必須再次停課的局面。她甚至懷疑學生該不會為了不來上學，故意揉對方的眼睛，或是親別人的眼皮。他們是完完全全有這種能耐的傢伙。

「沒有那種到處散播結膜炎的鬼啦。」

「妳真的什麼都沒看到嗎？也沒感覺到？」

偶爾她感覺好像看見了什麼，一轉身卻又什麼也沒有。因為視線有些模糊，她確實想去眼科一趟。搞不好有某種東西正在阻止恩英看清楚。

「要不要繞學校一圈？」

恩英許久沒如此向仁杓提議了，然後她脫了拖鞋，換上運動鞋。那是上次生日時，仁杓送給她的運動鞋。

兩人默默不語地走著，中間隔著一段距離。明明沒什麼好尷尬的，氣氛卻很僵。

「應該要找出變得不一樣的地方。原本沒有，現在卻出現的東西。」

「比如說？」

「塗鴉，奇形怪狀的石頭，花花綠綠或有味道的東西。」

「這根本是在大海撈針吧。」

「假如真的像你說的一樣，有什麼事正在發生，但我的眼睛卻被蒙蔽了，那一定有某種改變。我們必須找出來。」

他們繞了第二圈、第三圈，校園依然和平時一樣——和平時一樣地雜亂。不過隨著巡視次數增加，兩人的距離也一次比一次靠近。

「你跟那位漂亮的女生後來怎麼了？還順利嗎？」

「喔，妳看到了嗎？」

「對啊，經過的時候。」

「後來沒再見面了。」

「不是都帶她來學校了嗎？」

「是啊。因為後來變得很忙，就不了了之了。」

「原來是被甩了。」

「應該說是……」

「啊。」恩英叫了一聲，在刻著校訓的石碑前停下腳步。石碑甚至不是以花崗岩製成，而是表面上了一層仿花崗岩塗料的水泥碑，形狀則是模仿廣開土大王碑[21]，上頭以古典的字體寫著「誠實．謙遜．忍耐」。綜合三種特質的話，不就是「服從」嗎？恩英忍不住發出嘖嘖嘖的感嘆。校訓在前些年更改了。以前的校訓是「著眼未來的智慧人才」，雖然也不太令人滿意，但現在的校訓顯然是退步了。兩人稍微仰望了一下這座仿佛在世界末日來臨前，都會永遠矗立在此，象徵著前校長豐功偉業的醜陋石碑。

「校碑沒什麼不同啊。」

仁杓說道。

「但是以前校碑下面是不是沒有那些草？」

恩英狐疑地歪頭問道。

「沒有嗎？」

「什麼啊，長得有點像蔥。」

的確是一叢長得很像蔥的花草。恩英走上前，打開尚未開花的花梗，裡頭冒出的花，壯似死亡的鳥。她的指尖彷彿觸電般疼痛。

「我搜尋了一下，這好像叫極樂鳥花。」

剛才的感受與極樂差得可遠了，如果說是距離極樂最遠的地方還差不多。恩英握住自己的手指，一面低聲咒罵。會是麥肯錫種下的嗎？就算不是他，大概也是個半斤八兩的傢伙。恩英希望這個人會得到報應，她在內心開了一個地獄之門，想將種下極樂鳥花的犯人痛快地踢進去。實在是很想狠狠踢他一腳。而且不是穿著運動鞋，是穿上危險的釘鞋後再踢下去。

恩英蓄足了元氣後，一股腦拔除了大約二十株的極樂鳥花。氣候微涼，仍坐在板凳上曬太陽的幾個學生，都驚訝地盯著她看，但並沒有跑來湊熱鬧。仁杓也開始幫忙摘除這些草，僅剩最後一株需要拔除時，恩英忽然壓著兩側的太陽穴，癱坐在地上。這是從不曾經歷過的頭痛。她正要向仁杓說明的剎那，校碑啪地裂開了。

「你的頭不會痛嗎？」

仁杓看起來一點也不痛，令恩英再次羨慕他的遲鈍。現在她連耳朵也開始痛了，彷佛有支滾燙的棒針往她耳裡挖。

「是什麼東西一下子湧上來？之前也隱藏地太好了吧。老師麻煩你去拿鑷子，我需要回去拿普拿疼。」

兩人暫時各自回頭找需要的物品，返回校碑時，鑷了沒多久，就發現剛才拔走極樂鳥花的土壤下有一道木門。原本他們擔心校碑可能會倒塌，但似乎只是裂開而已，所以現在該走進去看看了。恩英從這地底下感覺到，它本身並不大，年代也不久遠，但卻是至今最令人不舒服的感覺。因為剛來學校時抓到了那顆又古老又醜陋的頭，讓麥肯錫或在他之後出現的人，覬覦這空出來的位子，在此種下了某種東西。是什麼時候？可能是學生生病停課的期間，當鎮住學校的陽氣減弱之際……恩英試圖冷靜地找出答案。是什麼？究竟種了什麼？

「這也不是地道，到底是什麼？要打開嗎？」

實在不想打開。它現在若不是進入了睡眠，就是尚未誕生的狀態，所以很想乾脆將它埋起來，再重新將奇怪的花種在上頭，然後裝作沒看見。

恩英逐漸加重手握彩色玩具刀的力道。因為頭痛未減，她連吞口水都很吃力。用手背抹了一下鼻樑，竟沾滿了冷汗。看來狀況真的不太好。

「等一下，先等一下！」

仁杓盡可能避免一拐一拐地跑。他只要開始跑步，腳就跛得更嚴重。這是仁杓成為老師後，第一次害怕小孩，無論如何應該要找個又尖又長的東西來才是。

「要不要等到所有學生都放學後再進去？」

帶回落葉耙子的仁杓，上氣不接下氣地問，但恩英搖頭拒絕了。

「不行，因為陽光和小孩對我們有利，必須在太陽完全下山、校園整個淨空前進去。」

沒申請晚自習的學生正一個個離開，晚餐吃得快的學生已經在踢足球，科學實驗社的孩子也留在學校，還有幾隊在玩羽毛球、傳接球的學生。眼前這一片祥和的風景，彷彿可以欣賞個八十年也不會厭倦。

「我們速戰速決吧！」

一定要一刀打中它的頸部。不管它是什麼，都必須一次解決，要趁它還來不及傷害任何人以前就了結。恩英下定了決心，然後開啟那道木門。內部雖然不是太深，但空間並不小，分明是有人刻意在校碑施工時搞鬼，而且是經過長期的預謀。一想到有人當他的面擺了他一道，仁杓氣地咬牙切齒。

在仁杓眼裡，這不過只是個地窖罷了，原本以為有什麼凶惡的東西，卻空空如也，令他有點沮喪。

「是逃走了嗎？」

「沒有，還在這裡，我感覺得到。」

恩英持手電筒小心翼翼地似四處察看。兩人發現了一塊黑色的石頭。那是顆拳頭般大的石頭，上面嵌了某個金色物品——戒指。它和智煐的戒指幾乎長得一樣，雖然沒有特別的紋路或造型，但大致就是這個模樣。仁杓想起智煐的戒指，手一面向前伸去，卻被恩英用手背啪地打了一下。

「你那隻手，又想闖禍了！麻煩先問一下再摸好嗎？老師你也看得出來吧？」

「看得出來。」

「你覺得那像什麼？」

「不是石頭嗎？」

「……這是鼻子。」

「啊？那戒指又是什麼？」

「是鼻環。」

「其實那個戒指，和我看過的戒……」

「算了算了。到底是誰把它嵌在這已經不重要了。」

仁杓向後退一步，恩英也拔出刀。一想到它匯聚的能量已大到連仁杓都見得到，恩英的頭痛瞬間加劇。她竟然沒有察覺到，比先前那顆頭更險惡的物體正在成長，真是丟臉。如果這是鼻子，那眉心的位置會在哪？無論埋在地底下的是什麼生物，只要刺中眉心就會死亡。

全力衝刺吧！

恩英的腰使勁向後傾，手上的刀瞄準了疑似是眉心的位置插了下去。然而，在刀尖觸碰到牠的瞬間，恩英突然意識到，插得太淺了。刺得太淺，刀還從土裡彈了出來。那東西的額頭，堅硬到能將恩英全身的力氣反彈回來。

「啊啊。」

也許是因為耳朵還很痛，恩英感覺自己的聲音聽起來像是別人的聲音。仁杓從這聲哀號察覺到事態嚴重，於是抓住恩英的手往外頭拉。他的判斷相當明智，因為地窖瞬間開始崩塌。地面是真的開始下陷了，兩人好幾次因此而踩空，在一片混亂中，恩英還回頭望了一眼，她覺得看見了一雙黑漆漆的眼睛。仁杓與恩英利用膝蓋爬行，終於逃出了地窖。

起風了。

而且不是緩緩增強的風，是疾風。顧名思義，就是突如其來的強風，襲捲了整個校園。感覺起來如針扎、似鞭抽的風，開始呈螺旋狀旋轉，形成一道旋風。這是有生以來第一次看到的風。之前也曾經歷過幾次颱風，但這回完全不同，是一股乾燥、猛烈、來勢洶洶的風。學生們甚至連眼睛都睜不開，雙腳也承受不住強勁的風勢而跌倒。恩英與仁杓好不容易才站穩腳步，眼睜睜地目睹學校遭到一大片沙塵籠罩，與外界隔絕開的樣子。竟然出差錯了，竟然喚醒牠了，說要殺死牠，卻反而拉了牠一把。恩英這番自責的話，仁杓雖然一句也沒聽見，但已緊跟到她身後。

在旋風的中心，也就是風沙最少的地方，冒出了一條又長、又細的物體。並非只有恩英看得見牠，仁杓、甚至學生也看見了。「那是什麼？」大家根本來不及說出口，只是以嘴形發問。

龍。

或者說，那是一條非常近似於龍的物體。

明明已經在近距離對準牠的眉心，卻還是打偏，讓牠變得愈發凶猛。

儘管從未見過龍，也能夠清楚辨識，因為除了龍以外，不可能是其他生物了。恩英站在這陣暴風裡，朝著龍走去，她完全無法奔跑。她的長袍口袋裡有一副眼鏡，今天早上因為沒戴隱形眼鏡，所以才隨身帶著。原本已是沙塵紛飛的狀態，現在連大一點的砂石都飛了起來，假如不戴眼鏡，就只能閉著眼睛前進了。鏡片漸漸出現梳子狀的裂痕，幸好今天沒把眼鏡忘在家裡；即便明天可能必須丟了它，恩英仍覺得慶幸。仁杓因為跌倒，而與恩英越離越遠，可是恩英卻沒發現。所有人都被龍的氣勢震倒了，每次勉強站起來，又會再次跌倒。恩英光是為了前進，已經費了好大一番力氣。後來總算是靠近牠了，這裡狀況反而好一些，看來應該是外圍的風勢比較強烈。這時，已看得見龍本身了，長得和水墨畫裡的一樣。牠沒有鮮明的輪廓，只是一道在飄逸流動的黑，恩英的視線必須相當專注地跟著牠，才能確認牠的存在。話雖如此，那條龍依然有清晰的部位，且背部鱗片上有個十分眼熟的圖案。

是一個商標。

第一眼她以為是自己看錯了，沒有意識到上面是個再熟悉不過的大企業商標。

恩英不禁冷笑。之前曾聽聞那間公司有自己的專屬巫師，沒想到竟會發生這種事。既然有時間在這裡埋下一條龍，何不多費點心思在經營上？這些人究竟是卑劣到什麼程度？恩英止不住笑了。因為吃進了滿嘴沙塵，她幾乎是以嘔吐的方式將沙子吐出，然後繼續笑著。唉，媽的，偏偏我又看不下去他們胡搞瞎搞。膽敢如此利用學校，竟然冷血地在孩子腳底種下如此黑暗、如此邪惡的東西。

龍開始越飛越高。恩英站穩陣腳，發射了BB彈。儘管她準確地射中了軀幹，打散了一些鱗片，但鱗片卻立即回歸原位。不知道是因為時機未到就清醒，還是龍原本的特性就是如此，恩英一時也摸不著頭緒。「那東西為什麼……」她正在傷腦筋時，仁杓把落葉耙子當作三叉槍般挾著，一跛一跛地奔跑，超前了恩英。

「你要做什麼？停下來！停下！」

為了阻止他，恩英趕緊追上去。好久沒再看見仁杓跛著腳奔跑的背影，她突然有點心動。其實她也不清楚這是心動還是消化不良。他的行動雖值得讚許，可是為了在危險發生之前趕上他，恩英握著彩色玩具刀，下意識地揮向仁杓的後腦勺。

「你要是談戀愛也這麼有衝勁就好了！」

平常用這把彩虹刀打別人的後腦勺，通常會發出清脆的聲音，但打在仁杓頭上果然靜悄悄的。仁杓聽懂了恩英說的話，反駁道：

「妳又不跟我交往！」

已經放棄起身前進的學生，像是一尊尊小型青銅雕像般癱坐在地。科學實驗社學生幾分鐘前還在發射水火箭，恩英一看見壓力閥和發射台，就把學生抱在懷裡的水火箭搶了過來。有實體的東西，還是要以實體來對付才行。然而，水火箭雖看起來中用，但面對這龐然大物，卻射不了幾次。該瞄準哪裡才能射下那條龍？怎樣才能讓牠掉下來？

臉頰。對準牠的臉頰吧，像是用力甩牠一巴掌的感覺。事實上也沒有其他能瞄準的目標了。軀幹依然是煙霧般的狀態，再上面一點就越來越窄，應該很難打中。恩英決定將形體最清晰、面積最廣的臉頰作為靶心。

她緊張到雙腿都緊繃了起來，每次移動步伐，肌肉就會跳個不停，彷彿怎麼拉都拉不動，快要斷裂的樣子。那條像一道熊熊黑煙般的龍，在尚未成形前已經擁有如此大的能量，實在無法想像牠一旦成形，將會造成怎樣的後果。恩英壓制了體內所有的躁動，等待身體狀態達到最接近穩定的那一刻才能瞄準目標。她按了按顫抖的左眼，屏住呼吸。臉頰，臉頰，臉頰，臉頰。

「這裡只有龍和我，這道拋物線的起點是我，終點是牠。」

恩英一面對自己喃喃說道，一面冷靜等待全神貫注的瞬間。時間的流逝彷彿暫時緩了下來，她很清楚吸入體內的氣息會在何時蓄滿丹田，就是當她的視野清晰，僵硬到不行的身體終於放鬆下來的那一刻。那似乎永遠不會到來的時刻終於到了，恩英熟練地把握那瞬間，發射了水火箭，但水火箭卻向後噴飛……

「你們這些臭小子，就不能好好做嗎？連個水火箭都做不好，是哪門子的科學實驗社啊！小學生可能還做得比較好！」

往後飛的水火箭，讓挫敗不已的恩英遷怒於學生，即使他們聽不清她說了什麼，仍被這股氣勢嚇得快哭出來。

兩次。還能再發射兩次。剩下的足夠發射兩次。

再度追上來的仁杓，站在恩英身後默默抱住她，雙手也托住恩英的手肘。她瞬時想起以前仁杓也曾做過相同的事。當時她因為手在顫抖，一直無法將相機焦點對準山茱萸花，於是仁杓抓住她的手臂，充當人體三腳架。他那股光明的元氣，猶如南方國度的能量般暖暖地流入。

三次。不對，可以發射到四次。

第一發雖然射向龍的附近，卻偏離了目標。「沒關係。」仁杓說道。

第二發掠過鱗片形體較清晰的腹部，龍飛翔的高度似乎因此稍微降下來。但是牠好像不在乎仁杓和恩英，不停扭動身軀，彷彿和恩英一樣，正在等待某個成熟的時機到來。

反正我們總會有輸的時候。好人不可能每次都打敗壞人。認輸也是一種親善的表現，所以沒關係。輸了也沒關係。這次輸了也沒關係。我們逃跑吧。如果覺得對抗不了，我們就逃跑吧。未來再想辦法就好了。仁杓在恩英的耳邊低語著。他說得很小聲，說不定是聽錯了，說不定不是他在說話，而是恩英的自言自語。這是謊話。正因為是謊話，所以令人安心。

第三發射中了龍的後頸。對龍來說，頸部似乎並非真正的要害，牠只是像鰻魚般扭了一下。

幸好，龍所等待的時機成熟前，恩英等待的時機先一步到來。最後一發水火箭脫離發射台的瞬間，恩英就知道了——她打中了！這回終於正中紅心。水火箭幾乎未受風向的影響，俐落地命中龍的臉頰。牠的臉頰似乎受到重擊，頭先畫了個半圓，接著便開始打轉。

「哈哈！哈哈哈！」

恩英同時感到暈眩與喜悅，即使站都站不穩，仍忍不住和仁杓「啪」地擊掌。我是為了嘗到這滋味才做這行的吧！為了這打擊感，為了精準命中的瞬間，更重要的是，為了這股快感。恩英繼續笑著，但樂不可支的她其實已面無血色，仁杓輕撫著她的背。

身體嚴重失衡的龍，扭曲地旋轉了幾次後摔到地面，疾風也漸漸緩和下來。在牠掉落後定睛一看，體型實際上不算大，僅五、六公尺長，重量看起來也很輕。墜落地面時的撞擊應該不算劇烈。恩英與仁杓互相攙扶彼此虛弱且顫抖的身體，往龍的身邊接近。「還差一點點，就快結束了！」這念頭讓兩人堅持下去。恩英踩著龍頭，決心這回一定要徹底插進去，她準備要擠出所有剩餘的能量。

「等一下。」

仁杓阻止恩英。

「為什麼？」

「裡面有制服。」

一腳仍踩在龍的頭上，或者應該說，踩在類似龍的生物頭上的恩英，望向仁杓所指的地方。龍的胸部，猶如寒天混合墨汁般透明，裡頭真的透出一件學校制服。

「牠吞了學生？」

「不是，只有制服。啊，可以看到名字。」

念了上面的名字後，仁杓感覺到心在揪痛。他知道這個孩子。曾有一段時間，外界盛傳那位學生是龍背上烙印的大企業集團的私生子。老實說，仁杓並不相信當時流傳的謠言，即便他真的是私生子，只要是那個家族的小孩，他認為沒道理會送來M高中上學。畢業幾年後，仁杓聽說了他自殺的消息，卻因為想不起他的長相而感到自責。

恩英注意到了他的表情，接著她又將她的腳從龍頭移開，再以膝蓋壓住牠的頸部，然後坐在上面。

「你打算幹嘛？」

恩英面不改色地拿著彩虹刀刮龍背，那些如馬賽克般拼成商標的鱗片，就一片片脫落了。

「還要砍掉什麼，牠才不會變成邪惡的龍呢？」

「牠能變成不邪惡的龍嗎？」

「不知道，姑且一試吧。啊，還要拔掉這個。」

恩英一使勁拔下如鼻環般穿過龍鼻的金戒指，類似鼻血的黑色液體開始嘩嘩地流出來。不僅如此，她接著翻開龍的兩邊眼皮，那兩顆乳白色的眼珠正不停轉動。仁杓平時是蛋白只要稍有不熟，就吃不下去的人，所以看了眼前的景象感到相當反胃，但卻又莫名地無法移開視線。亂動個不停的兩顆龍眼珠的中央，插著一對珍珠耳環。果然，他認得那對珍珠。

「把耳環拔起來。」

「我嗎？」

「因為我現在沒手啊。還是你想要抓著牠？」

仁杓從光滑又溫熱的兩顆眼珠子裡拔出了耳環。拔一下，再拔一下。仁杓告訴龍別亂動，幸好牠像是聽懂似的，不再快速轉動雙眼。耳環插得很深，必須利用指甲拔出來，龍也默默忍耐了。仁杓一拔起耳環，恩英就從龍的頸部下來。

龍的身軀輕柔地飄了起來，牠飄離地面大約十公分後又落下來。仁杓不由自主地伸手撫摸龍的鼻樑。加油，飛飛看。這次不會再把你拉下來了，再試一次看看。他像在哄小時候養的黑色獵犬般，輕輕撫摸著龍，而龍也伸出如鯉魚觸鬚般的長鬚，稍微觸碰了一下仁杓。龍的半透明身體內，有著恩英難以辨識的各種器官，她正在觀察這些器官一一歸位的模樣，同時，她也看見在體內皺成一團的制服慢慢溶解。龍又稍微飄起來了，恩英撫摸著牠那類似黑芝麻涼粉般的身軀，一邊為牠加油，這觸感好神奇。

一公尺。

一．五公尺。

接著，牠暫時休息了一下。不久後，原本已平息的狂風，又再次從四面八方襲捲而來。這回他們根本睜不開雙眼，也沒有睜開眼的必要了。在暴風圈裡的仁杓與恩英，將頭埋在彼此的肩上以保護雙眼。恩英的眼鏡已放回口袋，因為現在已經不是能否張開眼的問題了，風勢劇烈到連呼吸都很困難。穿著白上衣的仁杓與身著白袍的恩英，兩人頭頸交纏的模樣，像是一對天鵝。這姿勢維持了好一陣子後，仁杓發現恩英染過的頭髮，其實比預期的柔軟，而恩英也莫名地喜歡他身上隱約散發出的汗味。當風勢減緩，聲音聽起來已漸漸遠去時，兩人甚至覺得不捨。

一睜開眼，發現龍早已不知消失在何處。

後來學校接二連三地接到電話，追問這次是否又是瓦斯管線惹禍，仁杓冷靜地指示職員回覆對方，是龍捲風造成的事件。也就是說，這是因為地平面的風向與上空的風向異常改變造成的氣流現象。然而，這理由連學校老師都難以接受。

「龍捲風在國內不是只在海面上發生嗎？」

「局部的陸地可能也會發生吧？」

再過去幾年裡，仁杓已越來越熟練，即便有人提出合理的懷疑，他也能厚臉皮地應對。龍飛上天了，不就是龍捲風嘛，我也不清楚啦。仁杓莫名地覺得心安理得。

不過他也有疑問。

「那兩顆珍珠，是什麼奇怪的珍珠嗎？」

仁杓一發問，恩英馬上從抽屜裡取出不知哪來的手鍊。那是一條黃金製的手鍊。

「不是，但那黃金是不好的黃金。」

「原來黃金也有分好壞喔。」

「是奧斯威辛黃金。」

「什麼？奧斯威辛集中營的奧斯威辛嗎？」

「以前確實聽說有人會以高價買賣這些黃金，在施咒時使用，沒想到還真的有人這麼做。都說做人要有底線了，但某些人大概永遠也無法瞭解吧。」

「不對，等等，這手鍊是哪來的？龍的身上只拔出戒指和耳環不是嗎？」

「這是從餐廳的湯桶裡面找到的，發現手鍊的阿姨到處問是誰的，都沒人認領，所以她就先帶在身邊，後來她的風濕症狀惡化，才拿來給我，她說這手鍊很詭異。」

「所以痢疾才會……」

「那個人以後大概會生病。」

「誰？」仁杓問了以後才思考那個人是誰，接著他立刻明白了。啊，是智煐。

「她做這件事雖然賺了很多錢，但是以後可能會生病。耳環、戒指甚至手鍊都會帶給她負面影響，搞不好會病得很嚴重。」

仁杓驚訝的是，他聽了以後一點感覺都沒有。

「我希望她不會生病。」

我知道。恩英點了點頭。以後再也沒必要提起智煐的事了。誰叫她只有外表長得善良，真面目卻一點也不善良，我們還能怎麼辦呢？兩人有默契地透過眼神交換心中共同的想法。這一刻，仁杓等待許久的時機也來臨了。他不再把想說的話埋藏在心底，現在正是將真心話化作自信的子彈，向她發射出去的時候了。

「妳不要辭職，不要去別的地方。」

「其實我原本就打算再多待幾年。因為每次只要我開始覺得學校變平靜了，接著馬上又有危險。」

「我不是這個意思，我是說，跟我在一起吧。」

仁杓抓起恩英冰冷的手，以自己的雙手裹住，然後在剪了大概有三十年卻仍然剪得很醜的指甲上吻了一下，再將恩英一把摟進懷裡。接著，他的手伸進她凌亂的頭髮，在額頭上也吻了一下。

「還真是仔細啊……」

恩英喃喃自語。

「我喜歡妳。就算妳從頭到腳都穿碎花，我也還是喜歡妳。」

「哈哈哈！」這次換恩英笑了出來。她原本就擔心仁杓會這麼說，兩人最後一起笑了。

就這樣，仁杓自願走進了充斥著花朵的地獄裡。兩人的關係越靠越近、越靠越近，有一天，仁杓一睜開眼，就發現自己蓋著花被子，生活在掛著花窗簾的房子裡。某些時候，他甚至對於自己何以淪落至此感到茫然，還稍微摸了摸腋下，懷疑這女人是否偷偷將他的腋毛打了結。不過，除了裝潢品味方面的差異外，兩人大多時候都還算是對彼此感到滿意。在人生的道路上，他們因為有彼此互相舔舐傷口，才能忘卻其他糟糕的生活條件。

恩英總是先入睡的那一方，仁杓則因為窗外商店招牌的光線而久久無法入眠，雖然想裝上遮光簾，但終究拗不過想在陽光下自然清醒的恩英。直到清晨，所有招牌全都熄滅了，室內才真正暗了下來。在一片黑暗中，仁杓感覺自己的眼睛也和以往不同了，每當他凝視恩英熟睡的臉龐，就會發現她隱約散發著光芒。也許她不是真的在發光，不過每次他握住恩英的手，或輕輕摟住她，都能看見微弱的光。仁杓並沒有告訴她這件事。他就喜歡在恩英已充飽了電的夜裡，看著她元氣滿滿的臉蛋入眠。她那微微透出光芒的臉，是仁杓的小夜燈。

註解——

19 韓語中「英」與「獰」為同音字。

20 萊斯博思島（Lesbos）：女同性戀的英文Lesbian一詞的起源地。

21 廣開土大王碑：又稱好太王碑，屬於高句麗時代洞溝古墓群的一部分，位於中國吉林省境內。

作家的話

寫出這個故事的原因，單純是為了享受寫作的樂趣。我想，姑且試一次也沒關係吧。所以，假如讀到這裡，卻還感受不到樂趣的話，就代表我失敗了。

安恩英這個名字，是借用最後一間任職的公司裡，某位行銷部門大學實習生的姓名。我借了她的本名和暱稱。雖然已獲得她同意，但不知道她還記不記得。那是二〇一〇年的事了，安恩英小姐，如果妳還記得的話，麻煩聯絡我，我希望能報答妳。

剛開始將這個故事寫成短篇時，曾經諮詢漢文老師洪昇表，他是我很要好的前輩。受到他的幫助後，也想借用他的名字，但是他表示如果用自己的名字，感覺有點難為情，所以給了我他弟弟的名字，也就是洪仁杓。幾年後，我在前輩的婚禮上，見到相貌清秀的洪仁杓本人，他還不知道哥哥將他的名字出賣給我……我一直都覺得，寫小說和偷竊其實有點類似。

惠炫，是幫我畫上一本書封面的插畫家名字，她的表情真的很容易看透，擁有像水母一樣的特質，我認為這項特質，正是成為一位優秀藝術家的必要條件。她也像書中的惠炫般怕熱，必須等氣溫下降才能畫得出來，她是我很喜歡的一位朋友。

而現實中的閔宇，完全不是會製造混亂的那種人，每次見面都會從他身上獲得很多素材，是一位很獨特又有魅力的朋友，而且他也是老師。我經常會對老師們感到讚嘆，在我眼中，這是個能為世界帶來正面影響的職業。

亞玲是我從六歲開始就很親的老朋友的名字。她本人以及她的名字，都給人一種彷佛鈴鐺聲般、令人心情愉悅的感覺。在書裡登場的時間似乎太短了，下次想在其他故事中再寫關於她的故事。

惠敏是我在連書都還沒出版，只發表過一、二篇短篇故事時，就開始一直支持我至今的一位姐姐。老實說，現在我也把她看作是自己的姐姐了。雖然這只是小說，但還是必須為了讓她吃蟲子而說聲抱歉。不過她應該也不會介意。

智煐是我喜歡的一位編輯前輩的名字，我明明很喜歡她，卻拿她的名字替反派命名。她總會在寒冷的冬天買熱巧克力給我，今年冬天，該換我請她喝熱巧克力了。

為了確認我寫的故事是否符合私立學校的狀況，也諮詢了歷史老師劉承均。他是那種會願意接受我厚顏無恥的請託，幫我在出版之前確認校樣的好朋友。他真的幫了我很多忙。

除此之外，我還抽換掉某些人名的其中一個字來為角色命名，在這裡就不一一公開了。因為這是單純為了樂趣而寫的故事，所以好像永遠都能續寫下去。我希望有一天會再繼續創作接下來發生的事。

鄭世朗

MUSES

保健教師安恩英
보건교사 안은영

作　　者：鄭世朗（정세랑）
譯　　者：劉宛昀
發 行 人：王春申
總 編 輯：張曉蕊
主　　編：邱靖絨
特約校對：張召儀
封面設計：謝佳穎
內文排版：菩薩蠻電腦科技有限公司
業務組長：何思頓
行銷組長：張家舜
出版發行：臺灣商務印書館股份有限公司
23141 新北市新店區民權路 108-3 號 5 樓（同門市地址）
電話：(02)8667-3712 傳真：(02)8667-3709
讀者服務專線：0800056196
郵　　撥：0000165-1
E-mail：ecptw@cptw.com.tw
網路書店網址：www.cptw.com.tw
Facebook：facebook.com.tw/ecptw

國家圖書館出版品預行編目 (CIP) 資料

保健教師安恩英 / 鄭世朗著 ; 劉宛昀譯. -- 初版. -- 新北市 : 臺灣商務, 2020.05
面； 公分
ISBN 978-957-05-3260-9 (平裝)

862.57　　109003154

局版北市業字第 993 號
初　　版：2020 年 5 月
印　　刷：鴻霖印刷傳媒股份有限公司
定　　價：新臺幣 350 元
法律顧問：何一芃律師事務所

This book is published with support of the Literature Translation Institute of Korea (LTI Korea).